［瑞典］妮妮·霍克维斯——著

马伊可——译

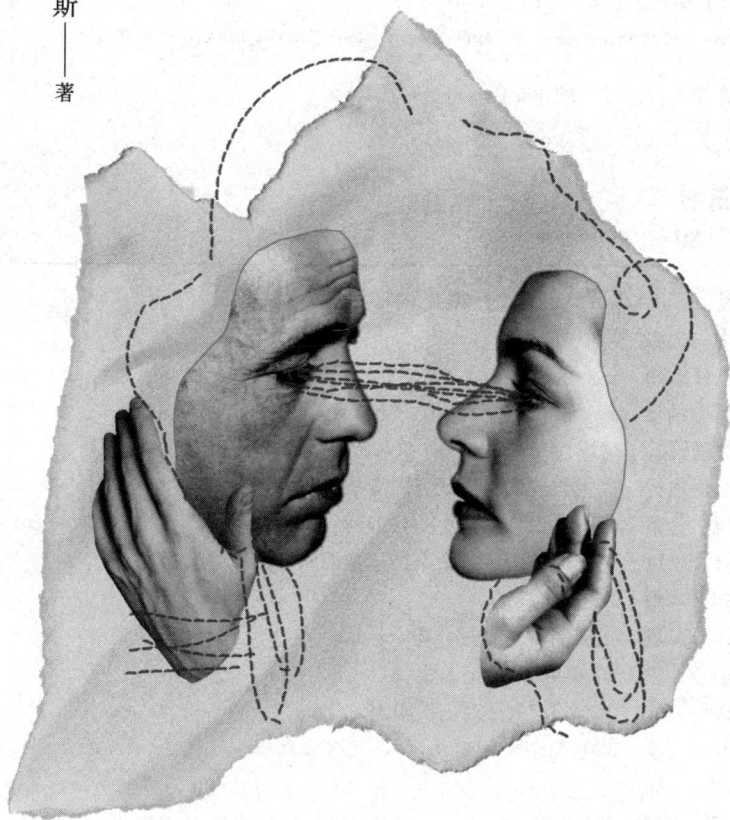

归宿

The Unit

民主与建设出版社

· 北京 ·

© 民主与建设出版社，2024

图书在版编目（CIP）数据

归宿 /（瑞典）妮妮·霍克维斯著；马伊可译 .
北京：民主与建设出版社，2024. 11. -- ISBN 978-7
-5139-4691-9

Ⅰ. I532.45

中国国家版本馆 CIP 数据核字第 2024HS8474 号

Copyright©2006,2010 by Ninni Holmqvist

Published by arrangement with Nordin Agency, through The Grayhawk Agency LTD.

著作权登记号　图字：01-2024-4761 号

归宿
GUISU

著　　者	［瑞典］妮妮·霍克维斯
译　　者	马伊可
责任编辑	王　倩
策划编辑	薛　静　陈一萌
封面设计	曾冯璇
出版发行	民主与建设出版社有限责任公司
电　　话	（010）59417749　59419778
社　　址	北京市朝阳区宏泰东街远洋万和南区伍号公馆 4 层
邮　　编	100102
印　　刷	文畅阁印刷有限公司
版　　次	2024 年 11 月第 1 版
印　　次	2024 年 11 月第 1 次印刷
开　　本	880 毫米 ×1230 毫米　　1/32
印　　张	9
字　　数	164 千字
书　　号	ISBN 978-7-5139-4691-9
定　　价	58.00 元

注：如有印、装质量问题，请与出版社联系。

第一部分

第一部分

一

这个地方比我预想的还要安逸一些。我独享一间带独立卫浴的单人房，甚至可以算是一套公寓了，毕竟它有两个房间：一个卧室和一个带简易厨房的客厅。房间里宽敞又亮堂——装修很素雅，陈设颇为现代化。的确如此，房间里的每一个角落都在摄像头的监视之下，我还发现了几处藏置起来的麦克风。摄像头倒是堂而皇之地挂着，天花板的每个角落都有一个——很小，但清晰可见——除此之外，每一个死角和走廊上也都有，比如衣柜里、门背后、储物柜里，床底下和简易厨房的水槽下面也都无一漏过。只要是人能够钻进去或者藏身的地方，都有摄像头牢牢地盯着。当你在房间里走动的时候，它们就会用那只"眼睛"死死地盯着你。那些细微的嗡嗡声在宣告着：此时此刻，你的一举一动全然都在监控组的掌控之中。就连卫生间也不被放过，逼仄的空间里装了至少三个摄像头：天花板上两个，台盆底下还有一个。无孔不入的监视体系不仅侵入了私人房间，在公共区域更是有过之无不及。当然，这都在我的意料之中。一旦住进了这里，就不要试图妄想自杀或者自残了。如果还心存一丝幻想，那就最好趁早清醒，接受现实。

我曾经也一度想过要结束自己的生命。我想过上吊，想过从疾驰的火车上纵身而下，也想过在高速公路上掉头逆行冲向车流，或者干脆全速冲出马路。可惜我并没有这样的勇气，最终只能任由自己如期在家门口被接走。

彼时我花园里的黄色冬乌头①已经盛开了几个星期，而第一批雪花莲才刚刚绽放。那个星期六的早晨，我提前就把火生好了。当我站在门口路边等待的时候，烟囱里还摇曳着一缕缥缈的轻烟。那天空气清冷，感觉不到一丝的风。

一辆闪着酒红色金属光泽的越野车耀眼地载着日光而来。我望着它徐徐地从山坡上驶过，穿过村庄，最终停在了我的面前。除了挡风玻璃和前排车窗之外，所有的车窗都被涂黑了。车身上没有任何标识，谁也看不透它从哪里来，要驶向哪里去。一个身穿黑色棉夹克的女人从驾驶座下来，向我点头致意，并致以友好的微笑。

她提起我的行李箱放进了后备箱，并示意我坐到后排。我系上安全带，把背包环抱在胸前。司机挂上了1挡，松开了手刹，我们就这样出发了。车里只有我们两个人，相顾无言。

---

① 冬乌头，毛茛科菵蓁属多年生草本植物的统称，生于欧洲温带地区。（本书脚注均为译者注）

车子大约行驶了两个小时，黑漆漆的车窗阻断了我的视线，我看不清自己移动的路线，更无从得知究竟要被带去哪里。突然车子一阵俯冲，接着引擎和轮胎的声音变得低沉，还伴随了一阵空荡的回声。我想应该是进了一条隧道。接着窗外一阵黑暗，随后一阵亮光袭来，车子就熄火停下了。有人打开了后排的车门，一个男人和一个女人的脸庞闯入了我的视线。女人笑着开口说道："你好，多丽特！你到家了。"

我下了车，发现自己似乎身处一个地下停车场之中。那对男女穿着同款菩提花绿色衬衫，胸前的口袋上都挂着储备银行苍白的标志——我记得几个月前在家收到的资料袋里也有这个标志。他们介绍自己叫迪克和亨丽埃塔，亨丽埃塔还补充了一句："我们是你的户区勤务员。"

她绕到车后面打开后备箱，提上我的行李箱向停车场一边的电梯走去。停车场里排列停着大约五十辆车，大部分都是普通的私家车、越野车和小包车，还有几辆是救护车。刚才跟他们握手的时候我把背包放在了地上，迪克把它捡了起来拿在手里。因为我的大部分私人家当都在这个包里，所以更愿意自己背着。但迪克执意要帮我拿着，我也不想闹得太尴尬，就耸耸肩随他去了。他指了指电梯，我便两手空空地跟在亨丽埃塔身后走去，迪克则走在我后面。

电梯只往上走了一层就停了，我们走出电梯，迪克说："我们现在所在的是 K1 层，也就是地下一层。"

我们沿着一条宽敞的走廊继续往前走，走廊的天花板、地板、墙壁都是血红色。我们走到另外一排电梯前面，坐上电梯又往上走了几层，来到一个像普通楼梯间一样的地方。两边各有一扇门，看起来和普通的公寓门没什么两样。迪克手里的东西不多，便走上前，推开其中一扇标有"H3 区"的门，并帮我扶住。我走了进去，里面很宽敞，看起来就像普通的医院病房或者学生宿舍，其实应该算是一个休息室。一个女人坐在角落的沙发上阅读杂志，她一头红色的卷发已经有些发白。她面前的桌子上放着一杯热气腾腾的茶，闻起来是薄荷茶的味道。女人见到我们，笑着抬起头。

"这位是马伊可，"亨丽埃塔为我们互相介绍道，"这位是多丽特。"

我试图用嘶哑的嗓子说出一句"你好"，但我发现自己口干舌燥得无法开口。

"我就住在你隔壁第二个房间，"马伊可先开口了，"如果你有什么不清楚的，或者想要找人说说话——又或者你不想聊天，只想要有人静静地陪你一下，随便什么事，尽管来找我。接下来的几个小时我不是待在这里，就是待在房间里。我的房间门上就写着马伊可·奥尔松。"

"好。"我勉强吐出了一个字。

她凝视着我，绿色的光斑在她的眼眸里闪烁。

"别客气，"她又说道，"千万别怕麻烦我，在这里我们都有的是时间。"

"好。"我又吐出一个字。但我觉得我应该再多说点什么，于是又说了一句："谢谢。"

休息室连接着一条走廊，走廊的一边开了五扇门，其中第二扇门上写着我的名字。迪克按下门把手推开门，我们径直走了进去。

亨丽埃塔把我的行李箱放在地上，迪克把我的背包放了上去，接着温柔地问我："需要我们留下来陪你一会儿吗？"

"不用。"我闷闷地回道。

"那我们就不打扰你了，"他又补充了一句，"别忘了两点钟的迎新说明会。"

他上下打量了一下我，好像在怀疑我一个人到底能不能在两点之前搞定。我忍不住轻哼一声，他们便关上门离开了。

于是只剩我一人站在房间里。

房间里很暖和，大概有七十华氏度①。我不太习惯这么高的

———————

① 20 多摄氏度。

7

室内温度，尤其是在每年的这个时候。我把外套一扔，甩开靴子，脱掉了毛衣和袜子。我把东西暂时都胡乱堆在了地上，光着脚站在旁边环视房间：一套简单的榉木餐厅家具，一张厚重的沙发，两张蛋壳白色软包的扶手椅；房间另一边的卧室里放着一张桌子。我的左手边是个简易厨房，右手边是个卫生间。卫生间旁边就是卧室，门是开着的，令我惊讶的是卧室里竟然是一张双人床。我忍不住笑了，这辈子从来都没睡过双人床。就在这时，我第一次听到了摄像头的"喁喁细语"，一瞬间仿佛看到了它那狭小漆黑的眼睛在盯着我，镜头向我的脸对焦拉近。于是我下意识地避开了视线。

二

没错，我确实曾经拥有过一套房子。前面说到我在"家"门口被接走，指的并不只是我的住所，而是真正属于我的一处私人住宅。我在八年前，也就是快四十二岁的时候，虽然收入微薄，也不太稳定，但还是从银行贷款买下了心仪已久的一小块地方。于是也实现了我的人生理想之一：在鲁默勒山和南海岸之间一望无垠的平原上，拥有一套属于自己的房子和一个花园。

可是我无力负担后期维护房子的费用。房子的遮檐板和窗框已经逐渐腐朽，油漆也开始剥落，屋顶至少有两处在漏水，整个房子的排水系统都亟待换新。可我的收入才勉强够得上还贷款的利息，还是最低还款额度的利息；外加木柴、电费和日常生活开销；还有保险、税费、燃气费，以及我和狗的口粮。我觉得之后征收部门就算拍卖了这套房子，也并不能给财政国库增收多少——除非他们先把房子重新修缮一下。

虽然房子样式老旧，冬天阴冷透风、夏天潮湿闷热，残破不堪不适合住人，可它毕竟是我自己的家，是我的避难所。在这里，没有人能够管束我。我的狗可以自由奔跑，我可以安静地工作。隔壁没有聒噪的邻居，没有脚步声轰鸣的楼梯井，没有熊孩子在公共庭院里吵闹，也没有户外空间可供亲朋好友齐聚一堂。所以当我想晒太阳放空的时候，他们也不会视若无睹地在旁边大快朵颐、纵情狂欢，当我不存在似的。无论是在室内还是室外，这里都会给我一种家的感觉。这是我的地盘，如果有邻居或者朋友路过看到我坐在花园里，想进来聊聊天或者喝杯咖啡，那至少他们得是真的冲我来的才行。当然，如果没有空或者不想闲扯，我也可以堂堂正正地拒绝，他们就只能走人。

但实际上我很少下逐客令。本来我的朋友和邻居就寥寥无几，就算有不速之客在我不方便的时候拜访，我也会让他们待上一会儿。毕竟一个人住在乡下，不能跟邻居太疏远，更不能闹翻脸。而实际上在我看来，如果你是孤家寡人，也没什么效用，就更不能和任何人闹翻脸了。因此，每当有人来到我的花园或者家门口，哪怕我真的忙于工作，他们真的会打扰到我，我也会表现得非常友好而热情。

我刚刚搬到这里的时候，还很乐观地憧憬着未来，依然相信并且希望自己还能来得及生一个孩子。或者至少我可以在工作上赚到钱，打好经济基础。又或者我可以找到一个搭档，一个爱我、愿意和我共同生活的人。而直到最后的最后，我都还对尼尔斯抱有徒劳而又绝望的期待。

尼尔斯比我小几岁，高大强壮，精力旺盛。我们怀揣着同样的隐秘渴望，以及同样不可救药的错误思想。我们是一丘之貉。其实他已经和另一个女人同居了，并且有了一个孩子，是个男孩儿。他从来没说过爱我，"爱"这个字对我们俩来说，都太过沉重了。但他说过"几乎爱上你了"，而且说了很多次。对我来说，这句话已经足够美好了。"几乎爱上"，虽然还没有真正被爱，但已经是无限接近被爱了。

也许正是出于这种"几乎"的爱，在距离我五十岁生日只剩六个星期的时候，我试图最后一搏，试图凭借这段感情求得特赦。我求他救救我的命。是的，在绝望之下，我用上了"救命"这个词。我求他离开他的伴侣，和我在一起。我求他向政府提交一份书面声明，声称他爱我。至于他是不是真的爱我，都无关紧要。我直截了当地抛出了我的诉求，他显得非常失落。然后，他哭了。他光着身子坐在我的床边，我第一次也是最后一次，看到他哭了。他呆坐在那里，眼里闪着泪光，下意识地拉过羽绒被的一角，盖住了自己的身体。他呜咽着说："多丽特，对我来说你比其他任何女人都要特别。并不仅仅是因为两性关系，你懂我的。我欣赏你，我尊重你，我几乎是爱你的。我也很乐意和你一起生活，和你分享我的人生。但是一方面，我希望我的儿子在父母双全的家庭里成长；另一方面，我真的不敢说我算得上爱你，我没法骗你。我……我天生就骗不了人。我既不能欺骗你，也不能欺骗政府。我不能在虚假的文件上签字，那是做伪证，是犯罪。你必须明白，多丽特，我……"

他停顿了一下，深吸一口气，咽了几次口水，抽了抽鼻子，还用手指在鼻子底下揉了揉，这才继续气若游丝地说道："对不起，对不起。我……你知道你有多重要……你对我来说有多重要。我会很想你的，我……"

他哭个不停，紧紧抱着我，像个小孩一样号啕大哭。但我没有哭。在那时候我没有。

我一直都没有哭，直到我和我的狗约克道别。多年来，我们相依为命。它是一只丹麦瑞典农场犬，白色的毛发点缀着黑色和棕色的斑纹；眼睛是褐色，耳朵一黑一白，像天鹅绒一样柔软。我把约克送到了一个离我们家不远的，信得过的家庭。那家人的成员有丽莎、斯特恩，还有他们的三个孩子。他们经营着一小块农场，养了一些马和鸡。夫妻俩都很喜欢约克，小孩子们更是对它爱不释手。我知道约克也很喜欢他们，它在那里会过得很好。可即便如此，它曾经是属于我的，而我曾经也属于它。毋庸置疑，我和它之间是真正的爱。我很确定，我们之间的感情是双向的。可是狗怎么会懂，只有依赖和忠诚，又能顶什么用呢。当我把约克留在斯特恩和丽莎家，独自开车离开的时候，这才终于哭了。

"相爱"和"分离"注定是水火不容、无法并存的。当这两者被外部因素强加在一起的时候，就需要一个解释。可是我无法向约克解释。你怎么能够向一只狗解释如此深奥的问题呢？你无法向它做出任何解释。尼尔斯至少还能跟我解释，说他为什么不能跟我好好在一起，为什么不能帮我成为有效用人①，我听得懂。可是约克怎么能懂呢？如果它还健在，也不会理解我那天为什么抛下它自己开车走了，也不会明白为什么我永远不会再回到它身边了。

_____

① 此为故事中的设定。国家将超过五十岁的女人与超过六十岁的男人分为两类人——有效用人和无效用人。有效用人为生养了孩子，且有能力为社会做出贡献的人。反之为无效用人。

三

我的行李箱不算太重，我提着把手把它甩到了桌子上。我打开箱子，开始把行李往外整理。里面大部分都是一些日常的衣物：毛衣、衬衫和裤子；一件适合节日或者正式场合穿的黑夹克；还有运动服、帆布鞋、跑步鞋、凉鞋。

收拾行李的时候，我在最后一刻还是决定把我的黑色小礼服塞进了背包里。我还带上了蓝色短裙、修身白衬衫、聚拢型文胸、几双丝袜和高跟鞋，也不确定在这里会不会有机会穿上它们。大概是没什么机会的，但我想着它们放在房间里也不会占用太多空间，就还是带来了。毕竟这些都是我的宝贝，每一件都价值不菲，来之不易。我太了解我自己了，如果突然想要臭美一下却不能及时满足的话，我会很不开心的。

我背对着天花板上的监控摄像头，拾掇着从包里翻出来的连衣裙、短裙和衬衫，打开衣柜门想把它们挂起来。这时发现衣柜里面也有一个摄像头，正直勾勾地盯着我，就好像干坏事被逮了个正着。我感觉到自己的脸涨得通红，火气一下子蹿上心头，我冲着摄像头比了一下中指，果断把衣服挂在衣架上，迅速关上了门。

我还带了几本书来，暂时先放在了客厅的茶几上。我把笔记本电脑放在了卧室的书桌上，把最喜欢的钢笔和一个记事本、一个装了照片的信封，一起藏进了床头柜的抽屉里。

信封里装了几张照片，一张是约克，一张是尼尔斯，一张是我的房子，还有一张是我小时候的全家福。那是一张拍立得照片，在我父母家的沙发上拍的。爸爸妈妈坐在中间，妈妈腿上抱着小宝宝奥利。艾达和我贴着妈妈坐着，爸爸身边则是大哥延斯和大姐西芙。我们倚靠着坐在一起，笑得很灿烂，艾达和我甚至是在放肆大笑。这张照片是妈妈的闺密拍的。那时候我八岁，我记得我很喜欢那个阿姨，她也很喜欢小孩，但她自己没有孩子。那天她坚持要用自己的拍立得给我们拍全家福，其实这也是我们唯一的一张全家福。所以她如愿以偿，我也很开心。但很可惜的是，我记不得她的名字了。

我的家人们早已背井离乡，分崩离析，像蒲公英种子一样四处飘零。我的父母在很早以前就去世了。但凡他们还活着，我或许还能以赡养他们为由，得到几年的特赦。延斯、艾达和奥利都组建了自己的家庭，各自在欧洲的不同地方生活工作。

我的姐姐西芙已经不在了，至少我是这么觉得的。因为她也没有孩子，并且她比我还要大七岁。一旦她成为无效用人，那她还活着的可能性就微乎其微了。但这些情况我其实也都不是太清楚。我也不太确定。

　　我把行李都理了出来，把行李箱、短大衣和冬靴塞进了衣柜顶上。接着，我开始在两个房间和卫生间之间徘徊——起先是漫不经心，接着是焦躁不安，到最后几乎要发狂了。我拧开水龙头冲洗卫生间，打开所有的抽屉和柜子，检查厨房里的家电，确保冰箱和冰柜开着，制冰机、陶瓷炉灶台、简易烤箱、微波炉以及水壶都能正常运作。接着我走进卧室，坐在了桌子前的椅子上。这把椅子是用模压木制成的，很漂亮，但坐起来不太舒服。椅背没有支撑到我的腰部，而是顶在了背上肩胛骨的位置。根据我的经验，我要是每天在这种椅子上坐着写作几个小时，不出一星期就会腰酸背痛。不过我相信，只要提出要求，他们一定会给我换一把更好的椅子。毕竟从现在开始，他们的第一要务就是保证我的身体各方面都处于良好的状态。

　　我从椅子上站起来，走过去试坐了一下沙发，坐着、躺着都挺舒服的。我找了个舒服的姿势坐好，拿起茶几上的遥控器对着电视随便按了一下，屏幕上很快就出现了画面。这是一个德国频道，正在播放脱口秀节目。我上下翻了翻，发现电视里的频道不计其数。在这里，即便与世隔绝，不能写信、不能发邮件、不能发短信、不能打电话，但至少我仍然能看到这个世界。

　　而从今往后在我的世界里，电话仅限固定内线；上网只能是在勤务员或者其他职员的监督下进行，而且不能加入聊天论坛，不能写博客，不能发布或者回复广告，也不能参与民意调查投票。

　　我飞快地翻阅了五十多个频道，然后关掉了电视。我从沙发上站起来伸了个懒腰，环顾了一下房间四周。现在要做点什么好呢？我瞥了一眼电视机下方DVD播放机上的时间，离两点钟的迎新会还有一段时间。这可不太妙，我突然感觉有点儿慌。究竟是出于焦虑还是愤怒，我不清楚，也不想弄清楚。如果这里有一扇窗户，我肯定早就已经走过去站在窗边看风景了。临窗远眺对我来说有很好的镇定作用。想到这里我才意识到，这个地方没有窗户，一扇也没有。当我被带到公寓来的时候，其实应该已经下意识地注意到了这一点。但一直到这一刻，这个事实才真正刺中了我。这里没有窗户，但屋子里却有着日光。这怎么可能呢？屋子里的光线看起来不像是从某盏灯里射出来的，也不像是从某个角度照射下来的，反而像是光线扩散填满了整个房间。我满心疑惑地站在客厅环顾了一圈，屋子里只有厨房水槽上方的灯泡亮着。为了解开这个谜团，我徒劳地走过去把那个灯泡关掉。果然，房间里光亮依旧。我选择了放弃。

　　过了几天之后，我才终于领悟了日光的秘密。当时我站到了椅子上，想要在放桌子的卧室上方加一个罩子，无意间抬头瞥到了墙上的长方形通风口。每个房间都有两个这样的通风口，安装的位置很高，靠近天花板。我这才发现，那根本不是通风口。我站在椅子上，斜着从倾斜的板条往外看去——就像你平时调节百叶窗的角度那样，阳光可以适当地透进来，又能避免直射——那里面二极管耀眼的白光闪得我头晕目眩。

这里没有一扇窗可以让我镇定下来，我心底惶恐的感觉呼之欲出，似乎快要将我淹没了。我犹豫着要不要去休息室，或者是去敲马伊可的门。但转念一想，又觉得我们的关系还不至于此。我也有点儿累了，便走进卧室躺在了双人床的一侧。我躺在那里望着天花板，尝试放空脑袋。我深吸了几口气，集中精神将它们缓慢地呼出。过了一会儿我好像是睡着了，房间里的喇叭突然吱吱作响，吓得我猛地睁开了眼睛。吱吱声戛然而止，取而代之的是一个温柔的男声：

"现在为今天新入住的家人们播报一条通知。迎新介绍会将于十分钟后在 D4 会议室举行，请各位务必出席。D4 会议室位于四楼 D 座电梯旁边，您可以就近乘坐电梯到 K1 层，沿着蓝色走廊走过去换乘 D 座电梯到四楼。恭候各位到场！播报结束。"

四

我们一共有八个新人，其中只有两个男人。这也不奇怪，因为他们的有效期限是六十岁。毕竟女性早早就会停止排卵，而男性还有很长时间能够生成有活力的精子。尽管如此，在之前的很长一段时间里，我都觉得男女有效期限的差异是很不公平的。直到后来尼尔斯告诉我，有很多男人都被想要免费精子的女人摆了一道，被迫成家为人父母。我怀疑他的熟人里就有过这样的。

"给男人多点时间公平得很，别再怨天尤人了！"

听到他这么说，我真的很难过，但更多的还是因为我的小心机被戳穿了。我之所以愿意和尼尔斯发生关系，有一个原因就是我一直心存侥幸，希望他每次提前精心戴上的避孕套会裂开。

我还故意把发生关系的时间安排在排卵期或者临近的时候。可这次他严厉的措辞和生硬的语气，伤透了我的心。从那以后，一直到我五十岁生日临近，我再也没有向尼尔斯表露过我的焦虑不安。

距离迎新会开始还有一分钟左右。我们四处走动着，互相握手寒暄、自我介绍。大家的脸看起来都很苍白，表情严肃又坚毅。因为刚才不小心睡着了一下，我感觉不太舒服，昏昏沉沉、迷迷糊糊的。刚才在门口迎接我们并在纸上打钩的那个勤务员，现在正站在房间前面的讲台桌旁，收拾着桌上的一些文件，一瓶水，一个开瓶器还有一个玻璃杯。她看起来是个很内向的人，还有点儿害羞。但如果你正好和她对视了，她就会热情地冲你微笑。她的腿看起来短得不成比例，肯定已经有至少七八个月的身孕了。她把桌子上的东西收拾妥当，就走下了讲台，朝着房间后方走去。她走路的样子让我忍不住想到企鹅，这也让我感觉稍微舒服了一些。所以当她再次冲我微笑的时候，我也回以了笑容。

到场的新人里，有一个人我觉得很眼熟。她身材高挑、颧骨丰满，眼睛歪斜，似乎正在用她狭隘的目光打量周围的一切。尽管她身上满覆岁月的痕迹，我还是认出了她，但一开始我并没有想起来她的名字。直到她介绍说她叫埃尔莎·安东松，我才想起来。

"埃尔莎！我是多丽特——多丽特·韦格。"

"我现在认出你来了，"她怯怯地笑道，"小学和初中，我们都是一个班的。"

"时间过得真快……"她缓缓地加了一句，声音有些颤抖，能看得出来她很激动。

"就是啊，"我说道，"时光飞逝。"

我们面向讲台围坐成半圆形，站在讲台桌子后面的是单位的主管。她身着一件深栗色的西装，搭配一件灰色衬衫，整个人看起来干净利落，无可挑剔。她看向我们，目光依次在每个人身上停留，确保和每个人都对视上了。这样的举动显得她非常诚恳。然后她笑了笑，解开西装的扣子，清了清嗓子，深呼吸一下开始说道："我是佩特拉·伦海德，是生物材料第二储备银行单位的主管。首先，欢迎大家来到这里。我也想借此机会祝贺各位：五十岁以及六十岁生日快乐！今晚我们为大家准备了一场盛大的派对，欢迎会和生日会双喜临门。无论是居民还是工作人员，单位里的所有人都可以来参加。如果所有人都到场的话，估计会有三百人。届时我们会举行晚宴，有表演还有舞会，千万不要错过！我们的派对每次都很有意思！之后你们也会感受到的，我们每个月都会举行一次这样的活动。而且今天在场的八位家人，你们都是有一些共同之处的，比如说出生在同一个月份。你们都是二月生的孩子。"

佩特拉停了下来，喝了一小口水。

"你们都知道自己为什么会来到这里，"她继续说道，"关于那些前因后果，我就不浪费大家的时间进行赘述了。"

她微微侧过头露出微笑，那模样自信又迷人。

"或者换一个更准确点儿的说法：你们都知道自己来到这

里的'主要原因'。但这之中也存在着一些有利因素。"

她又停了下来，这次停顿的时间更长。她看着我们，神情严肃。

"我相信，"她再一次把目光短暂地在我们每个人身上驻留，慢慢地说道，"你们肯定发现了，人们总是对你们没有信心，和你们待在一起的时候显得很局促，有时候甚至还有点儿害怕，或者可能还会表现出一副居高临下或者轻蔑讥诮的样子。是不是这样？你们有没有发现这种情况？"

没有人回应。房间里一片死寂，只有空调细微的嗡嗡声作响。我像傻子一样盯着佩特拉，我想其他七个人也是这个状态。过了一会儿，她继续说道："那你们有没有人没有发现这种情况？"

我们哄堂大笑，一脸羞赧地互相笑笑，嘀咕着表示否认。

"好了，"她说，"其实我的意思是说，有些东西对我们有效用人来说是习以为常的，可是对于你们中的大部分人来说，只有来到储备银行单位你们才能感受到。那就是归属感，以及和他人融入的感觉。当然，锦上添花的是，你们再也不用担心自己的财务状况了。这一点在之前给你们的资料袋里也介绍过。你们有现成的吃食和遮风避雨的住处，可以享受免费的医疗、牙科保健、物理治疗等，不用自己花一分钱。你们可以在单位里自由走动，随时随地使用各种设施。这里有一个大型的温室花园，称得上是一座公园了，你们可以在那里尽情享受大自然。

我们还配备了图书馆、电影院、剧院、艺术画廊、咖啡馆和餐厅，还有一个巨大的综合体育场。只要愿意，你们可以或多或少地去追求任何爱好或者专业项目：艺术、手工、电子、机械、植物学、建筑、表演、电影、动漫，大部分的活动项目都配备了专门的车间和工作室，任君选择。但是最重要的是，"她用指尖支撑在桌子边缘，把身子向前倾，好像是要特别强调，"但是最重要的是，"她又重复道，"你们有彼此陪伴！好了，现在喝杯咖啡休息一下吧。"

我敢肯定，佩特拉的这一番欢迎演说让大家都放松了很多。休息的时候气氛说不上欢乐，但至少大部分人脸上都有一些血色了。我们在隔壁像咖啡馆一样的房间里喝着咖啡，品尝自制的肉桂面包。谈笑风生间，我们渐渐开始对彼此产生兴趣，互相聊起了工作、生活方面的话题。罗伊和乔安娜长期失业。在失业之前，乔安娜送过信；罗伊则是某一行业的顾问——具体哪种行业我也不知道。安妮以前是酒店前台；弗雷德里克是一家卡车工厂的机械师；波尔曾是小提琴手；索菲亚的经历更是丰富，送报纸传单、校对、旅馆保洁、邮购公司包货她都做过。最后是埃尔莎，她从高中毕业之后就一直在同一家鞋店工作。

喝完咖啡，我们继续开会。会议内容主要是关于单位的种种实用信息，包括研究实验和捐赠流程，以及内部的地形结构。宿舍部、保健中心、外科部、餐厅、艺术画廊、运动中心以及足疗保健诊所的工作人员——登场介绍自己和他们负责的工作内容。

　　会议终于结束了，一下午收到的信息把我的脑袋撑得晕头转向。我只能回去躺一会儿，不然就没力气应付晚上的迎新派对了。

五

我始终记得那场辩论会，还有那次全民公投。我记得一开始并没有掀起太大的波澜。因为最早提出那个主张的是一个新成立的"资本民主党"之类的党派，鲜少有人把他们的提案当回事。

我对政治没什么兴趣，而且当时的我年纪轻轻，对中年之类的东西并没有什么概念。所以每次媒体上或是其他人谈及那个议题，我总会百无聊赖地叹叹气，接着翻页、换台，或者转移话题。我觉得这类社会话题与我毫不相关。在那场辩论的第一阶段，我还意外怀孕并堕了胎。毕竟年纪还小，那时还在上高中。

我还想要去旅行，去上大学，四处打零工，画画，写作，跳舞，尽情享受自己。我无法想象自己当妈妈的样子，我也同样无法想象自己步入中年的样子。但我那时候不知道，也根本想不到的是：当我陷入麻醉被清刮子宫的时候，我此生唯一一次当母亲的机会也被清刮了。否则我想我不至于沦落至此。如果我有些许的先见之明，我一定会把那个孩子生下来的。至少，我愿意相信我自己会那样做。

　　当那个议题改头换面再次粉墨登场的时候，它已经悄悄跻身于一些规模更大、势力更稳固的政党宣言里。因此，当全民公投最终举行的时候，舆论已然转变了风向。而那个阶段的我，多少算得上是个成熟女性了，并且拥有了一个作家梦。我一边从事各种稀奇古怪的工作，一边下定决心要创作我的处女作。大概就是在那个时期，我萌生了尽快要个孩子的想法。可是我一直在贫困线以下艰难维生，没有伴侣，也没有其他人可以和我共同承担这项重任和重负，所以从未将这个想法付诸行动。而新法律施行的时候，我已经三十好几了，人格健全、心智成熟。但不幸的是，伴随我成长的那个时代精神，早已在我身上留下了深深的烙印，让我与当下的局面格格不入。

　　在我的儿童和少女时代，社会上提倡的是这样的精神：一个人应该多积累生活经验和工作经验，应该多了解人的发展原动力，应该多观察世界、敢于尝试，然后你才能选择自己喜欢的方式去生活。自我享受很重要，自我实现也很重要。

　　而赚多少钱、买多少东西，都无足轻重。现实生活中也确实是这样，日子过得去就行了。从财务、社会、精神和情感各个方面来说，过得去、能对付、自给自足，就足够了。孩子和家庭都是其次才要考虑的，甚至你也可以选择不要。所谓理想，最重要的是发现自己、提升自己，自尊自爱、独立自主，成为一个完整的人。这一点对女性来说尤为重要。我们绝对不能光靠男人养着，只知道带带孩子，看看家。在那时候，这种社会分工还是站得住脚的，所以我妈妈才会经常告诫我和姐妹们。她时不时就会把我们三个叫到一起，给我们灌输一番女权主义。刚开始的时候艾达才三岁，我五岁，西芙十二岁。所以头几年只有西芙能一知半解地听懂妈妈说的话。

"在你能够自力更生之前，千万不要生孩子，"妈妈这样对我们说，"不要依赖男人的支持，无论是经济上、思想上还是情感上，千万不要掉进陷阱！"

于是，"掉进陷阱"成为我心底最深的恐惧。刚开始的时候，这种恐惧是很具象化的。我小心翼翼地搜寻身边的陷阱，不喜欢进入狭窄的通道或者封闭的空间，比如电梯或者飞机——万一里面有个男人威胁说他要支持我可怎么办！我并不理解所谓的"支持"到底是指什么，但我坚信它会对我造成很大的伤害，甚至可能要了我的命。所以去商店、博物馆、电影院、剧院和其他大型的公共室内空间时，我都会下意识地想要待在离门近的地方。每当我进入一栋陌生的建筑，都要第一时间寻找紧急出口、消防通道和逃生路线。

随着年龄增长，后来我才真正理解了妈妈所说的"孩子""男人""支持""陷阱"。从那之后我对人群和狭窄空间的恐惧有所缓解，我的恐惧不再那样具象化了。但我仍然很害怕被束缚，直到现在都是。但凡有机会，我都会选择能够给我最大限度自由的那条路，即便这条路能带给我的经济回报寥寥无几。比如说，我从来没有做过那种固定工时、按月发薪，还有养老金和带薪假期的工作。我一直以来只做一些按时计薪的临时工或者从事自由职业。所以从理论上来说，我每天都可以自由选择是否要去工作。而每当必须签署一些合同协议的时候——无论是租赁协议、图书出版合同还是购买合同，我都感到不知所措。当我站在那里拿起笔准备签字时，一想到签完就会把自己永远禁锢在某个东西里，便会心慌不已，直冒冷汗。

在我的价值观里，在情感或经济上依赖别人，或者哪怕只是在内心之中有偷偷渴望与某个人同甘共苦的念头，都会是人生之大忌。但或许正是因为如此，这种生活方式反而对我有着极大的诱惑力。我内心隐隐地渴望依赖别人，渴望被人照顾。没错，从经济、情感以及两性关系各个方面，我都渴望被人照顾呵护，被人捧在手心。而且，对方最好是一个男人。

有时候，我也试图去实现这种渴望，在我的白日梦里，在我的幻想里，也在我的男女关系里。其实有点儿像一种角色扮演的形式，我和我的搭档会扮演一对传统的已婚夫妇：丈夫负责养家糊口，回到家里吃妻子做好的晚饭。晚饭之后，激情的男人引领着矜持的女人，共度一夜春宵。

但正如我前面所说的，我只在一定程度上实现了这种幻想。

因为我既没有过一份稳定的工作，也从来没有拥有过一段长久的感情，一切都不过是浅尝辄止而已。

到了那个时期，妈妈以前挂在嘴边教育我们的那种"陷阱"，其实已经不复存在了。因为法律作出了规定，在孩子出生后的头十八个月，父母的育儿假必须平均分配。其次，十八个月到六岁之间的孩子，必须接受每天八小时的日托管理。这样一来，男主外、女主内的家庭模式便逐渐没落，甚至绝迹了。孩子不再是任何人的拖累和阻碍，大家都不用担心会失去独立的自我，也不用担心收入减少，工作能力退化。总而言之，孩子不再是这些问题的根源。所以人们再也没有借口不生孩子，也不能以孩子为借口逃避工作。

六

迎新派对在五道意大利美食中开场：帕尔马火腿配香瓜、蔬菜通心粉汤、香蒜酱鸡柳意面、熟成干酪配梨和葡萄，甜点是意式奶油布丁（panna cotta）。还有现烤出炉的白面包，搭配着开胃菜和主菜一起端上了桌，唯独没有提供红酒。晚宴的时候我坐在马伊可旁边，得知她是一位艺术家；爱丽丝是个矮矮胖胖的女人，以前是马尔默剧院的舞台工作人员；约翰内斯算是我的作家同事，以前在文学圈经常碰面，但从来没有交谈过。我一直觉得他是个挺难相处的人，他在刻意与人保持距离。但事实截然相反，他是一个很随和、很擅长社交的人。虽然他已经在这儿住了三年多，但看上去状态还算不错。到目前为止，他仅仅是给精子库捐了点儿精子，给一位有五个孩子的小学男教师捐了一个肾，另外还参加了各种各样的实验。

"我现在正在参与一项完全安全的心理实验，主要是关于合作、信任之类的主题。"他说道。

接着他还告诉我们，他之前参加过一项针对抑郁症和慢性疲劳的药物实验。服药之后他变得异常亢奋、健谈，以至于他们只能加派人手，加班加点地陪他社交和聊天——其实只是单方面地听他喋喋不休——同时监视他，以防他过度劳累或是扰民。他还无法抑制地想要制作和翻新东西，于是干脆趁此机会改造了一下他的简易厨房，他将它和客厅的一部分并在了一起，打造得有模有样。

"那时候我没什么精力去记录一些东西……我忙忙碌碌，同时又渴望陪伴——但其实我过得还是挺好的。"他的故事暂时讲完了。

马伊可已经在这儿待了四年，而爱丽丝才刚来四个月。马伊可为干细胞研究捐献了卵子，另外还捐出了一个肾脏和右耳听骨。她还特别解释了一下：因为她的右耳失聪了，所以总是希望人们可以在她的左耳边说话。

"再过几周，"她继续说道，"我就要把我的胰腺捐给一位有四个孩子的实习护士了。所以我想，这就是我最后一次参加迎新派对了。"

她拿着勺子在甜品碗里来回搅动，这动作让我甚是介意。但她自己好像没有意识到，也没太在意，看起来一副若无其事的样子。这一刻，我突然感觉自己浑身无力。马伊可拿着勺子一圈一圈地搅动，我的眼睛也跟着她的手和勺子打转。每搅动一下，我就感觉房间里的空气稀薄了一分，呼吸也变得艰难了一分。

我的身体逐渐沉重，手臂酸痛，耳朵里充斥着重击声和轰鸣声，我的视线开始变得模糊，浑身直冒冷汗。透过一团闪烁的黑雾，我迷迷糊糊地看见马伊可停下了手上的动作，扔掉勺子握住了我的手。当时我的手就放在我的餐盘旁边，我感觉到一阵柔软、潮湿又冰凉的触感。她的声音仿佛从很远的地方传来，穿过我的耳膜说："亲爱的，你会习惯的。对吧，爱丽丝？"

我看不见爱丽丝。我的视野被缩小了，只能看见马伊可的手正搭在我的手上。爱丽丝说了些什么，她在试着宽慰我。但我听不清她说的话，她的声音若有若无、忽强忽弱，仿佛透过强风传来，我只能够听见一些稀稀落落的词语。我张开嘴，想要说我听不清楚，却感觉氧气不足，无法呼吸，更无法集中注意力。闪烁的黑雾越发浓密，最终变成一层黑纱，化作一层幕布，我几乎什么也看不见了。脚下的椅子和地板仿佛就要崩塌，仿佛自己要被黑洞所吞噬。但是爱丽丝还在，她用手轻抚着我的手臂，现在我终于能听见她的声音了："没事的，亲爱的，没事了……"

坐在我另一边的约翰内斯伸出一只手臂搂住了我的肩膀，另一只手放在我的额头上，好像我是一个正在发烧的孩子。但这个动作颇有奇效，我感觉到他撑住了我，把我定在了原地，不让我被黑洞吞噬或是"坠落进奶油布丁里"。我感受到了他们三个人的关心，这种被人关心的感觉总能让我平静下来。

约翰内斯说："来，现在，深吸一口气。然后，慢慢地呼

气。很好，再来一次。多丽特，你做得很好，放轻松。就是这样，
现在这样……"

马伊可握着我的手，爱丽丝拉着我的手臂，约翰内斯慢慢
地拍打着我的背，我们保持着这样的姿势坐了好一会儿。他们
一直低声念叨着"好了，没事了"。直到我的感官和呼吸恢复
了正常。约翰内斯把手从我的额头上挪开，一直滑落到脸颊，
感觉像是温柔的爱抚。

接着是表演活动，一支摇滚乐队在现场演奏，舞会随之开
始了。我和约翰内斯、马伊可、爱丽丝一起舞动，还跟埃尔莎
和其他很多人共舞，不过还是跟约翰内斯跳得最久。他有极佳
的节奏感和舞感，而且会跳正经的交谊舞，步伐和姿态各方面
都十分标准。他也很擅长引导我，像一位正统的老沙文主义者，
一位老式绅士。刚开始跳的时候，我感觉很难跟上节奏。一方
面是因为我以前从来没有真正接触过这种舞蹈，我只在老电影
片里见过；另一方面我也感觉有些难堪，我的脚步不受自己控制，
甚至有点儿摇摇欲坠。跳了一会儿，我决定抛开这种念头，干
脆放任自己被人引领和主导。这时候我才体会到了舞蹈的美妙，
简直太对我胃口了。

不知不觉，时间已经很晚了。我和埃尔莎站在吧台旁，一
人端着一杯梨汁。他们只提供不含酒精的饮料，除了苏打水就

只有橙汁和梨汁了。

"明天早上我们一起吃早餐吧，你觉得呢？"我问道。

"明天早上我们一起吃早餐，然后接下去的四天我们都待在一起，好吗？"埃尔莎反问我。

作为初来乍到的新人，从周日到周三，我们享有四天的自由时间，主要是为了营造一种宾至如归的感觉，好让我们能够应对接下来的强制性体检。而在这一套"彬彬有礼"的开场仪式程序之后，我们就会被分配去进行人道实验，被分配到不同的实验组或者开始进行捐赠。

当埃尔莎提出我们要一起度过接下来的四天时，我竟然有了一种如释重负的感觉。也是这样我才意识到，原来自己对这四天满怀恐惧，这是我成年后第一次害怕孤独。所以我欣然接受了她的提议。没错，我就是不想一个人待着。我不想独自待在这个没有窗户的建筑物里，连一个能对视的活物都没有。也没有一件事物可以让我暂停思虑，短暂地回避这个现实：有些美妙的体验我再也没有机会感受到了。比如三月的某个早晨，当我推开家门，会看到今年的第一朵藏红花（抑或第一朵风信子，第一朵雪割草，第一朵香味紫罗兰）绽放在草坪上；会看到成群结队的仙鹤，欢鸣着一路向北飞往宏博亚湖。我也不愿想起和尼尔斯在一起的光景，不愿回忆起他的每一次亲吻爱抚，还有他的甜言柔语。我最不愿想起的是约克，我们再也不能一起在森林和海边奔跑了，也不能沿着机耕路散步到埃尔斯特罗姆农场，给我自己买一些新鲜的鸡蛋和蔬菜，给它买一些猪心。我需要用新的体验筑起一道屏障，在此处与彼处、过去和现在之间隔出一片缓冲区，这样我才能够积攒勇气来面对过去。

而另一方面，我倒是不怎么害怕黑夜，也不害怕自己一个人睡觉。其实我更喜欢现在这样的住宿方式，因为我不习惯和其他人睡同一个房间，甚至同一栋房子也不行。为了以防万一，我还准备了一些安眠药。当然，不是让人永远睡不醒的那种，它有安眠效果而且能够防止自杀：如果服用超过两颗，你就会呕吐。

埃尔莎把空杯子放在吧台上，说她累了想要休息，我问她需不需要一些安眠药。

她笑了笑。

"谢谢你，我之前找医生已经开了一些。"

我们约定好，第二天早上谁先醒来就给对方打个电话。吃完早餐我们就出发探索一下"单位"，充分体验一下这里所有免费的设施。我们拥抱彼此，互道晚安。她回去了。

最后一支舞曲是一首抒情歌。歌手独自站在舞台中央的聚光灯下，管弦乐队暗暗地映衬在他身后。他柔柔地唱着："献给我的女孩，献给我的女人，献给我的全世界。宝贝，宝贝，一切都是为了你……"

我端着温热的梨汁站在原地，约翰内斯走了过来，跟着音乐节拍轻轻摇摆，随副歌哼唱起来。他向我微微鞠躬，很有礼貌地问道："斗胆邀您与我共舞一曲可好？"

他这个样子确实很迷人，我成功地被他老套的风度和台词吸引了。我毫不犹豫地放下杯子，落落大方地点了点头，向他伸出了手。他一手牵过我，另一只手很正式地搂着我的腰，我们就这样步入了舞池。他完美地把控着节奏，以一种让人备感轻松的方式，充满自信地引领着我，甚至让我忘记了自己不会跳舞的事实。我陷入了一阵恍惚，轻松自如地跟着他跳，仿佛成了他身体的一部分，仿佛我们已然合为一体。

"谢谢你与我共舞，多丽特，"音乐结束时，他说道，"也感谢你与我共度今夜。"

他牵起我的手举到唇边，轻吻了一下，或者说轻碰更为合适。我曾经在小说、电影里看到过这样的场景，也曾经梦见过。但被人在现实生活中亲吻手，还是我人生中第一次遇到。

七

我刚从派对现场出来，就听到身后传来一阵急促的脚步声，转身发现是马伊可。

"我想我们应该同路，"她说道，"我可以带你欣赏一下好风景，当然，如果你太累的话就算了。"

"没事，我不累。"我回答她。其实有人愿意多陪我待一会儿，我内心充满了感激。

我们乘坐 B 座电梯，从 K1 上到了五层。随着电梯门打开，我们走进了一条非常宽敞的走廊，一眼望不到尽头，更像是一条铺在室内的马路。走了几步之后，我发现它应该是一条跑道。地面的材质和常见的室外跑道一样，有点儿弹性，还可以消音。在跑道的另一边，也就是一排电梯的对面，有一座三四层楼那么高的玻璃墙，在半明半暗的夜色中俯瞰过去，宛如一片真正的原始森林。

"那里是温室花园，"马伊可向我介绍道，"是荒野地区之一。"

在我们头顶上方的高空处，一个玻璃穹顶笼罩着整个温室花园和我们所在的宽敞跑道。透过穹顶再往上望去，就是拱形的夜空，一望无垠的浩瀚宇宙。

"这里，"马伊可指着地面说道，"这里是中庭步道，总长有520码[①]，围绕温室花园的这段大概有130码[②]。所以如果你绕着这条道慢跑十圈，就能凑够3英里[③]了。"

我们沿着中庭步道走了大约50码[④]，玻璃墙消失在了视野里，取而代之的是一个类似拱廊商街的地方。里面有小温室和橘园，几家没开门的小商店，还有可以晒干花、插花、给植物上色的作坊。此外，还有一道宽敞的楼梯蜿蜒向上，通往一个像是咖啡馆的地方。

"那里是特勒斯，"马伊可告诉我，"他们家每天都会供应早餐和午餐，其余时间就是一个普通的自助咖啡馆，你可以自己调制咖啡或者果汁饮料，也可以制作三明治和蛋糕。只要那边有材料，想做什么都可以。"

"这地方看起来真不错。"我感叹道。

"你说什么？"马伊可问道。我这才发现刚刚我们转弯走到拱廊商街的时候，不知不觉换了个位置，现在我站在了她的

---

① 约475米。

② 约120米。

③ 约4.8千米。

④ 约45米。

右边，她听不清我说的话。

她停下脚步，把左耳转过来对着我。

"我说这地方看起来真不错。"我又重复了一次。

她点了点头："确实不错，从上面可以俯瞰整个温室花园。工作日我经常在那里吃午餐。"

拱廊商街的尽头有一扇门，高高的玻璃墙在那里再次登场，充当了这片葱茏绿意的背景布。马伊可把门打开，让我先走，我们进到了一个温暖的气阀室①。她又打开了另一扇门，我们便来到了一个夜间花园。

花园里洋溢着一股清新微甜的花草植物香。冬夜的天空中悬挂着一轮圆月，月光透过玻璃穹顶洒下来。室内月光所及之处，已是一片春意盎然，还有了一些初夏的气息。五彩斑斓、形态各异的花朵，在洁白的月光下争奇斗艳。

温室花园里的气候和北欧的截然不同。棕榈树、野芙蓉、攀缘藤、蔓生九重葛、橄榄树、石松、悬铃木、柑橘树、雪松，各种树木林立，纵横交错的小径蜿蜒其间，通向一个有喷泉和长椅的小庭院，你可以闲坐在那里阅读或者思考哲学。沿着小路继续绕过一个大草坪，你可以躺在那上面，继续阅读或者思

---

① 有两扇门的密闭空间，用来连接两个气压不同的空间。

考哲学。接着我们又走过一片更荒凉、更阴暗的区域，这才到了马伊可想要带我看的地方——几乎是吉维尼莫奈花园 [1] 的缩小版，只是少了莫奈和家人曾经居住的粉色房子。当然，这个缩小版自然没有法国原版那么精致完美。这个小花园是一群对艺术颇有兴趣的园艺爱好者布置的，看上去就像一幅印象派画作：色彩浓烈，构图巧妙，点涂笔触，轮廓柔和——至少它在夜色中看起来是这样的效果，而其中植物与色彩的组合对比看起来更是格外鲜明。

我们静静地漫步在碎石路上，穿过鲜花园，走过水上花园的小木桥。紫罗兰、薰衣草、百里香、迷迭香、鼠尾草、玫瑰、苹果花、芍药，各类花草的香味交织在一起将我萦绕。此味、此景，让我陷入了一种愉悦的酥麻感之中。

我们走到了一个大水池旁，池里黄、蓝、绿、粉各色的睡莲正争相绽放，疏密相间的花丛里倒映出波光粼粼的月光。我们停下脚步，在木头长椅上坐了下来。长椅被漆成绿色，沾着湿漉漉的露水。

"我经常来这里，"坐了一会儿，马伊可说道，"就像真的一样。"

---

[1] 法国画家莫奈的故居。

我懂她的意思。在这里，我们仿佛真的身在"外面"，在真正的户外，脚踩泥土站在一个普通的花园里。而不是在一座没有窗户的城堡顶上，脚下的泥土是从外面运进来的，眼前的池塘和溪流都是人造的，头顶上还笼罩着坚不可摧、装有报警系统的钢化玻璃。

"那些印象派大师，"马伊可说，"他们很擅长运用色彩，区分亮部和暗部的光影。暗部有好几种，有光线可以穿透的浅暗，还有更重、更密的深暗。莫奈建造这个花园，好像就是为了向世人展示他眼中的色彩，以及蕴藏在色彩中的能量、潜力和意义。我觉得他是想要告诉世人：这个世界本身、生命本身就是色彩。如果我们能够看到色彩，真正地发现色彩，我们的生活就是美好而有意义的，因为美丽本身就有价值。总之，我个人是这么理解的。"

她望着我，笑了起来。月光映着她的嘴唇，呈现一种石榴般的暗红色。她的双眸泛着翡翠绿的光芒，肌肤如象牙般白皙，金黄的头发夹杂着犹如灰烬般的灰丝。我尽力想要回她一个微笑，但笑不出来。我的喉咙哽咽住了，向下牵扯着我的嘴角。如果她再谈起"生命"，恐怕在我强颜欢笑的面具之下叫嚣的那些情绪可能真的就要喷涌出来将我淹没了。愤怒、悲伤、恐惧、仇恨，一切苦痛都将冲破面纱，从我的眼睛、鼻子、嘴巴，从我脸上的每一个孔洞里倾泻而出。可我不希望这种情况发生，倒不是害怕向马伊可或其他人表露情绪，也不是要极力维持坚毅自强的外表，而只是不想让任何事破坏此刻的平静。我希望这段平静的时光可以一直延续下去，越久越好。

过了好一阵子，马伊可也没有再开口讲话，我们就这么静静地坐在那里。最终我们从长椅上起身，继续往前走。这时身后的灌木丛中隐约传来了机械的嗡嗡声，不同于树叶的沙沙声和浪花拍打的声音，显得很突兀。我吓了一跳，转过身去。

"不用担心，"马伊可说，"就是监控组有人想看看我们大半夜在这里干什么。"

"我们晚上不能来这里吗？"我问道。

"当然不是，可以来的。只是这个时间很少有人来。"

平静还是被打破了。像是被人击中，狠狠地砸碎了。一瞬间我感到浑身冰冷，寒彻入骨。

八

特勒斯的自助早餐很丰盛，有水果、蔬菜、现烤的白面包和黑面包、芝士、面条、萨拉米香肠、火腿、鸡蛋、燕麦片、酸奶、麦片、果冻和橘子酱。旁边桌上的电热炉上热着咖啡和温水，保温瓶里放着冷藏的牛奶和果汁。

埃尔莎只要了一杯咖啡和一碗酸奶，加了点儿格兰诺拉麦片和水果片。而我则把餐盘堆得满满当当：咖啡、鲜榨橙汁、肉桂吐司、搭配覆盆子果冻和玉米片的酸奶、一个煮鸡蛋、三个三明治——一个加了埃曼塔奶酪，一个加了蜂蜜熏火腿，还有一个加了生姜橘子酱。其实我根本吃不下这么多东西，但它们闻起来实在是太香了，看起来确实很有食欲。而且还是免费的，那我还客气什么呢？

我们从大约十五个人中间穿过去，来到了一张餐桌旁。坐在这个位置上，可以俯瞰整个圆形庭院。庭院里有大理石长椅和喷泉，周围是矮矮的棕榈树和娇艳欲滴的芙蓉花丛。温室花园延伸出去，环绕着整个庭院，清晨的阳光从上方斜射下来。从我的视角能看到鸟儿、蝴蝶、大黄蜂，还能看到远处的一棵垂柳、一株紫藤、一大棵紫叶山毛榉，还有莫奈的睡莲池。埃尔莎凝视着这一片绿意说道："很漂亮吧。"一开始我感觉她的语气有些疲惫，但后来我意识到其中更多的是麻木，甚至还有讽刺。

"是啊。"我应和道。

前一天晚上和马伊可一起散步聊天之后，我感觉心情很好，甚至充满了自信。而且睡得异常安稳，压根儿没吃安眠药。八点刚过埃尔莎就给我打电话了，虽然没睡几个小时，但仍然感觉神清气爽。我轻轻抿了一口热气腾腾的黑咖啡，香气扑鼻而来。我闭上眼睛，品了一下。

"哇，味道真不错！"我不由得惊呼起来，接着说，"能在外面吃早饭，真是一种享受啊！"

"外面？"埃尔莎挑了挑眉，抬头看了看穹顶。在白天的光线下我才看清，它是几块巨大的玻璃，由铅结构组合而成——我猜应该是铅——整齐地排列成星星的图案。它带点儿英式或是殖民时期的风格，就像那种宫殿花园里橘园的屋顶。穹顶外的天空一碧如洗，形状各异的云朵像煞有介事地驶过，我脑海里突然浮现了"西班牙大帆船（galleon）"这个词。

"我说的'外面'不是指'外部'，"我解释了一下，"我的意思是不在家里的那种外面。"

埃尔莎暗自嘀咕了一句什么，我猜她可能是不习惯早起，带了一点儿起床气。

"我以前从来都没有在外面吃过早餐。"我自顾自地继续说着，嘴里嚼着一口三明治。

"你呢？"我问埃尔莎。我这才发现，她什么东西也没吃，只是无精打采地用勺子翻搅着碗里的酸奶、格兰诺拉麦片、草莓片和杞果。

"不知道，"她萎靡地回答道，"没什么印象。"

我这才意识到她并不是疲惫，至少这不是主要原因。她也并不是有起床气，而是状态一直都很糟糕。我羞愧不已，连忙放下手上的三明治说道："埃尔莎，对不起！"

"为什么要道歉？就因为你可以让自己保持乐观？这又没错。"

"不是，是我光顾着自己，没有发觉你……"

我顿住了，一时不知道该用什么词来表达。所以没再继续说下去，而是伸出右手越过桌子，拉住了埃尔莎无力地瘫在碗边的左手。她的右手还握着酸奶勺子，但没有再继续搅动了。她闭上了眼睛，用力闭紧，把脸埋进了碗里。我看不见她的表情，只能看到她的刘海，像一道道棕银相间的条纹窗帘。她的手冷冰冰的，微微颤抖着。

"没事的……"我怯声怯气地说着，尽力像昨天晚上马伊可、爱丽丝和约翰内斯安慰我那样安慰她，"好了，埃尔莎，没事的，你看。"

她哭了，无声无息，压抑地呜咽着，呼吸也跟着颤抖起来。我握紧她的手，不断重复着"没事的"，自己也不知道还能说些或做些什么。

星期天早晨的特勒斯人特别多，坐在我们桌子周围的人，或是边看早报边吃早餐，或是互相安静地聊天，抑或是默默地专心吃饭。还有两个早餐服务员，不知道是员工还是这里的住户，她们一壶接一壶地端来咖啡，把自助餐吧上的菜加满，清理擦拭桌子，把脏盘子端走，再换上干净的盘碗餐具。他们开始注意到埃尔莎了。有人放下报纸，摘下了眼镜；有人放下了咖啡杯，把勺子放进燕麦片碗里；有人把托盘推远了一些。谈话声渐渐沉寂下来，其中一个服务员停在了屋子中间，手上还端着一盘木瓜水果切片。所有人的视线都集中在了我们身上，带着一脸的严肃。但似乎没有人为此显露出不安或难过。过了一会儿我才意识到，他们只是在观察，想看看事态如何发展。埃尔莎终于无法抑制地号啕大哭起来，哭声越来越响亮、越来越刺耳，经久不息。有一个用餐者率先站了起来，然后是另一个，接着好几个人都站了起来。一个服务员快步走到自助餐吧旁，把盘子放下腾出了手来。一时间埃尔莎已经被人群围住，有的拖来椅子坐在旁边，有的站在那里。近处的人伸出手安抚她，用有力的手握住她的肩膀，或是轻抚她的手臂、后背和脖子，像是在托举着埃尔莎支离破碎的自我。

九

　　拱廊商街里的小店和作坊现在已经开门了。有的人站着，有的人坐着，各自摆弄着花草植物和香料。阳光洒满了整个拱廊，空气中弥漫着细小的颗粒，织成一层薄纱般的淡黄色雾气，氤氲着香料和花的香气。

　　温室花园里很是温暖，在阳光下可能有八十华氏度①。我和埃尔莎默默地走着，只听到鸟儿的歌唱声、苍蝇和蜜蜂的嗡嗡声。一只松鼠在石松的树枝间跳跃，不时停下来啃咬橘黄色的松果，用前爪捧着迅速吃完，又继续悠然自得地跳向下一个树枝。

　　我们穿过橄榄树林，经过一片玫瑰花丛，步入了柑橘林。树上开满了白色的花朵，空气中弥漫着香甜的果香。我们从另一侧穿了出来，这边种满了蔬菜。我们接着穿过一条高矮不一的灌木丛道，来到了那片大草坪上。有人躺在上面看书，也有人静静地晒着太阳。我们沿着草坪边缘漫步，经过了几处泉水

―――――――――

① 约 27 摄氏度。

和小喷泉。我们头顶的花架上布满了藤蔓、玫瑰、甜豆荚、金银花、铁线莲和九重葛。我们继续穿过杂草丛生的狭窄通道和灌木丛，终于到达了莫奈花园。埃尔莎在一个大花圃前停下了脚步，眼前是一大片勿忘我和粉色、红色的郁金香。在原版的莫奈花园里，我们站的地方就是那个粉色房子的位置。在勿忘我花坛和两棵紫杉树的远处坐落着一个鲜花园，一排排的花圃间点缀着一条条石子路。埃尔莎有些疑惑地环顾四周，接着惊呼道：

"不对……我来过这里！我不是说这个地方，而是……我来过这里，和我的……和我的好朋友一起。她请我去旅行，我们带了那本书，你知道的，就是那本儿童图书……我们以前一起在家里看，当时我们……所以我们才来了这里。不对，是那里。"

她激动得脸颊泛红，同时也有些焦虑，很显然，她内心深处的某个地方被狠狠触动了。

"《小莲游莫奈花园》（*Linnea in Monet's Garden*），"我轻声说道，"我记得书名应该是叫这个。"

她没有回应我，默默地又向前走去，我跟在她的身后。我们穿梭在五彩缤纷的花圃之间，脚下的碎石嘎吱作响。我又嗅到了和昨晚同样的花草香，只是感觉更干燥，闻起来也没有那么扑鼻了。我们穿过地下通道，来到了水上花园。我们走在树荫下，沿着池塘边的小路向前，走到一张绿色的长椅旁。埃尔莎坐了下来，我跟着坐在了她身边。

她没有靠着椅背，而是身子直挺挺地坐着，眼神直勾勾地盯着面前的荷花池。她不说话，我也没有开口。我在犹豫要不要问问她心里的感受，或者她愿不愿意跟我说说那个一起去吉维尼的女人。但我觉得我又好像不该问。沉默了一会儿，她叹了一口气，向后靠在椅背上，屈起双腿抱在了胸前。然后她耸了耸肩，打了一个喷嚏，好像又恢复了正常。她脸颊上的绯红褪去，又换上了一副警惕的神情，微微眯起了双眼。

"太奇怪了，"她说道，"但这感觉好真实，完全就是身临其境。"

"是的，"我回应她，"我懂。"

"太真实了，而且很……浪漫。"她的声音还是那样波澜不惊，听起来像是充满了麻木或讽刺。"他们可能是故意为我们制造浪漫吧。永恒的夏天，温暖又浪漫。"

那时候她还没有意识到——我也没有——她所说的"永恒的夏天"，是多么精准的表述。在这个温室花园里，的确只有春夏在更替。含羞草、九重葛、杜鹃花、玫瑰、芍药、郁金香和勿忘我，每周每月轮番绽放。一切都是含苞待放，要么就是蓬勃盛开，永远没有枯黄、凋谢或死亡。温室花园里不会有死亡存在，并且这里的一切都是真实的。没有绢花，没有塑料树，没有一件舞台布景道具。所有都是真正的植物，有雌雄蕊的鲜花，还有活生生的大黄蜂绕着它们嗡嗡作响。花朵和叶子都可以摘回去插在花瓶里，或者用来泡茶、染衣服。如果摘一些放在有水的花瓶里，它们会像其他花朵一样逐渐凋谢。而在它们生长的花圃或者树上，很快就会长出新的嫩芽和枝丫。草坪上的草也都是真的，就像普通的草坪一样，需要修剪、施肥、浇水。

灌木和树木也要定期修剪，否则小路和庭院就会杂草丛生。这里的一切永远都是绿色的。树叶的颜色永远不会枯黄、泛红、发棕，也永远不会干枯掉落。柑橘林里的橙子、柠檬、橘子和葡萄柚永远不会成熟。不过在短暂的花期过后，那洁白芬芳的小花瓣倒是会凋落下来，飘散在树木间，落在地上铺成一条雪白的地毯。但花瓣凋落之后，花蕾并不会结成果实，而是在一段时间之后再次开出花来。但埃尔莎对这一切毫无察觉，继续说道："他们大概是想让我们体验夏天和浪漫吧。最后一次。"

"也可能是第一次。"我说道。

"也许吧。"埃尔莎接着问我："你觉得你会怀念斯堪的纳维亚 ① 的冬天吗？怀念那里的白雪、冷风和酷寒吗？"

我陷入了沉思。

"秋天和冬末，"我回答道，"冬末春初，现在外面应该

___

① 位于欧洲西北角。

是这个时候了。"在我的脑海里,我看到了自己家里的花园,就像那天早上一样,冬乌头和雪花莲刚刚绽放。我看到了我的房子,外立面的白色油漆剥落,屋顶上布满苔藓,烟囱里烟雾缥缈。我看到了自己,穿着暖和的夹克,戴着帽子、围巾和手套,和约克一起走出家门,迎着早春斜斜的阳光,伴着微风开始一次漫长的散步。我晃了晃脑袋,想要摆脱这些幻象,但无济于事。于是我急忙站起身说道:"我们再走一走吧,我感觉我……我得动一动。"

我急于想要摆脱脑海里的回想,大概表现得已经十分明显了,埃尔莎点了点头径直站起了身。她挽着我的胳膊,我们穿过了最近的一个气阀室,来到了中庭步道。两个正在慢跑的人正向我们跑来,头上顶着热气,脚步落在跑道上几乎无声无息。

"嗨,多丽特!"其中一个人用袖子擦了擦眼睛上的汗水,气喘吁吁地说道,"昨天谢谢你了。"

是约翰内斯。他停下了脚步,他的同伴也一起停下在原地小跑。

"这位是多丽特,舞跳得很棒。"约翰内斯向他的同伴介绍道。我受宠若惊,甚至感觉有些荒唐。我自认为没有脸红,其实很可能早就脸红了。

约翰内斯把他的朋友介绍给我们认识,我也介绍了一下埃尔莎。我们互相握了握手,接着他们就继续去慢跑了。我和埃尔莎乘坐 A 座电梯到了下一层，然后径直走到了图书馆。

　　图书馆不算大，就像一个普通的农村分馆：一个大房间里排列着几个书架。我们四处逛了逛，发现这里的陈列竟井然有序，而且紧跟时代：我看到了好几本书都是刚出版的。CD 和 DVD 的陈列区也不大，但种类很丰富，也很新潮。

　　图书管理员是一个瘦削的男人，穿着一条松松垮垮的棕色灯芯绒裤子。我们正站在那里挑选电影，他走了过来，在我们身后停下脚步，双手插在裤子后面的口袋里。过了一会儿他才开口，我们一听就发现，他的声音自带郁郁寡欢的味道。因此不管他说的内容是什么，听起来都很消沉。他说："如果是在外面真正的图书馆里，你们就可以把这些音乐 CD 和电影碟片借走。"

　　"你的意思是这里不是一个真正的图书馆？"我觉得有点儿好笑。

　　他没有回答我，而是从裤袋里缓缓抽出右手，跟我和埃尔莎挨个握了握手，介绍说他叫谢尔。

　　"我以前在隆德的图书馆里工作，"他说道，"其实我以前就在那见过你，还把你的一本书录成了有声读物。话说回来，这两年都是我在打理这里。"他边说边做了一个扫视房间的手势，"可以说是全职，甚至还有加班的时候，可以这么算吧。"

"看得出来。"我说道。

"是吧，这里的知识分子实在是太多了，那些读书人。"

"看得出来。"我又重复了这句话。

"读书人，"他继续说道，"尤其容易落到'无效用'的地步。"

"没错。"我答道。

"是的。"他说。

埃尔莎已经悄悄走开了，我四处张望找她，发现她正在旁边的书架翻阅一本园艺书。

谢尔把手插回了口袋，我以为他要回到咨询台去，但他又停了下来。

"没错。就是这么回事。"他继续说，"另外就是，图书馆里的书是不能外借的。除非我自己给你们买下来，"他叹了一口气，"或者也可以下载电子书。如果你们还没有阅读器的话，可以从这里申请一个。"

我和埃尔莎都领了一个阅读器，还办理了借书证。然后就坐在角落的扶手椅上，翻阅日报和杂志。另一把扶手椅上，有个男人睡熟了，手里的报纸掉在了地板上。他的呼吸声尖厉刺耳，不像是打鼾，听起来像是呼吸道有什么问题。

我和埃尔莎悄声说他可能是感冒了，我们可不想被传染，于是就起身离开了。

　　刚到"单位"的那几天，在各个地方都能碰上这样熟睡的人，发出同样类似打鼾的呼吸声。之后我才知道，这是正在进行实验的镇静药的一种副作用。参与这项特殊实验的人，吸收氧气的能力严重受损，同时打哈欠的本能反应也消失了。而这两项副作用就导致他们很容易入睡。还有一些人受到了永久的轻微脑损伤，可能是缺氧造成的。更有甚者连行走、说话都困难，也不知道自己在哪里、日子是哪一天。

　　也就是说，那个睡在墙角的男人应该没有感冒，我们也不用担心自己的健康。

　　第一天我们什么也没借，只拿了阅读器就离开了图书馆。出来路过咨询台的时候，我们向谢尔点了点头。

　　"谢谢惠顾，"他郁郁寡欢地说道，"欢迎下次再来。"

　　我们来到了一个很大的室内广场，周围有一家百货商场、很多小店铺、一家电影院、一个剧院、一家艺术画廊和一家室外摆着桌椅的餐厅。广场里铺着斑驳的灰色抛光石板，就是经常能在教堂里看到的那种墓碑形状。广场中央则是一块长方形的厚玻璃板，摆放着几张石凳，环绕着一座青铜制的渔船雕塑。透过地面的玻璃可以看到闪烁的蓝绿色光影，下方一定就是游泳池了。

　　广场周围的小店铺里有两家服装店，一家卖新的，另一家卖二手的；一家乐器店，橱窗里陈列着吉他、管乐器、电子管风琴和架子鼓；一家手工艺品店，里面的作品是与我们一同住在这里的艺术家创作的；一家五金店；还有一家店专门卖一些业余爱好用品和办公、美术用品。我说的"店铺"和"商场"可能容易引起你的误解，必须强调一下，这里并没有货币交易。或者更准确地说，根本不存在所谓的"购物"。你只管走进去，需要什么就拿什么。如果是一些特定的商品，只要签个字就行。有东西暂时缺货的话就需要订购。如果需要一些特定的东西或者品牌，也可以填写申请表以便后续采购。

电影院里有两块大银幕，现在正在放映两部片子：一部是好评如潮的心理剧《双头鹤》，讲的是家庭危机的故事；还有一部是动作喜剧《疯子3》。

艺术画廊正在筹备一场新展，下周六对外开放。这次参展的是马伊可，她在派对晚宴的时候跟我们说过："这是我的第一场个人展览！"

剧院也没有开，但贴了一张海报，契诃夫的《海鸥》即将举行首演。到春天，还会上演莎士比亚的《威尼斯商人》。

"真可惜，"我说道，"我们好不容易去得起剧院了却只能看这些老生常谈的东西。"

"那有什么关系呢？"埃尔莎说，"反正戏是戏，看戏就是看戏，是不是？"

　　我笑了，她说得确实有点道理。

　　"好了，我们去游个泳吧！"她捞起我的胳膊，微微用力拉着我朝着广场另一边的电梯走去。

＋

我一直都很喜欢运动，这里的体育馆有各种我梦寐以求的设施，可谓应有尽有：一个带跑道的小型运动场——他们大概觉得一个中庭步道还不够用吧；还有各种运动器材，一个用于各种球类运动的场馆，一个保龄球馆，一个装满肋木架的传统健身房。隔壁的储藏室里有鞍马、跳箱、棒球棒、曲棍球棒，网兜里还装着大大小小的球。二楼有一些小一点的房间，可以用来进行有氧运动、FS（Friskis & Svettis）[①]健身训练、骑动感单车、舞蹈、瑜伽、击剑，等等。同时还有一个举重室，场地中间则是一个游泳池。

我和埃尔莎四处逛了一圈，有人在跳高、跳远、扔铁饼，还有人在打羽毛球、网球、曲棍球、排球，看得我心花怒放。我们小心翼翼地推开每个小房间的门往里偷瞄，有两个女人在打壁球；有一群人穿着棉质道服在练柔道；另一群人看阵势像是在跳非洲舞；一个男人独自在打太极拳；还有一群人跟着 FS 教练，随节奏强劲的音乐健身。教练看到我们站在门口，挥手

———————

① 瑞典健身房的名字，也是一种运动形式。

示意一起加入，我们指了指身上的衣服和鞋子，微笑着摆摆手拒绝了。毕竟埃尔莎穿了一双平底休闲鞋，而我穿的是凉鞋。教练点点头，我们便关上门走去了隔壁的健身房。

健身房虽然不大，但设施齐全。屋子里的空气清新而不寒凉。音乐节奏有力地跳动着，但声音并不嘈杂。有五六个人正在健身，没有人注意到我们。他们自顾自地练着举重，在跑步机上跑步，气喘吁吁地做推拉，面部表情扭曲，一组又一组集中精力地锻炼自己的每一块肌肉群。

"我不理解。"我们在一排排运作正常、功能完善的器械中间穿梭，埃尔莎自言自语道。

"不理解什么？"我问她。

"这也太奢侈了！这得花纳税人多少钱？"

"就是啊，"我赞同她的想法，但实际上兴奋还是大于沮丧，"看来我们这里的运营成本还挺高的。"

"确实很高，可图什么呢？"

我没有回答。不是无言以对，而是有东西吸引了我，把注意力从奢侈这个话题上移开了。有个男人正在屈腿机上锻炼，穿着短袖和短裤，有节奏地用大腿后侧推勾重块，伴随着一呼一吸。他的脸上、手臂上和腿上布满了痕迹：是蓝黑色和红棕色的疤痕和斑点，最小的像小指甲盖那么小，最大的有普通桦树叶那么大。有几处大一点的斑点已经破裂化脓了，感觉有点儿恶心。这看上去像是一种病，让我想起了卡波西肉瘤。我年轻的时候做过医疗服务和家庭护理的工作，那时候见过的一位艾滋病患者就得了这种病，脸上的肿块随着肌肉的运动膨胀收缩，看起来确实像卡波西肉瘤。走过他身边的时候，我好奇又尽量不动声色地瞥了一眼器械，发现他正在用大腿后侧推勾四百磅（约 181 千克）的负重。对一个六十到六十五岁的男人来说，已经很不错了。不管他得的是什么病，至少不是艾滋。

埃尔莎似乎并没有注意到男人的皮肤，也没有关注到他健硕的腿部，只是叹着气继续表达自己的观点："我们像是被散养的猪和母鸡。唯一的区别是猪和母鸡一无所知，只顾高高兴兴地活在当下。"

一段遗忘已久的回忆突然在我脑海里浮现，我大笑道："你知道吗，埃尔莎？你一点儿都没变。"

"这话是什么意思？"

"你还记得我们四年级班级旅行去的动物园吗？"

"呃……好像记得。怎么了？"

"看到那些动物在栅栏里面来回转悠，你就非常生气。尤其是猛兽和大象，还有那些没有足够空间自由飞翔的大鸟。当时我们之中可能只有你意识到了，它们这样不停踱步的行为是不正常的。你还记得吗？记得自己做了什么吗？"

"把它们放出来了？我忘了，完全不记得。"

"你一看见饲养员或者动物园的员工，"我说道，"就会蹑手蹑脚地跟在后面，凑到他们背后，然后大喊一声'盖世太保[①]'！还有印象吗？"

她咯咯笑道："这么一说我就想起来了。不过你还记得吗？你和那个洛塔……"我们一边聊着童年的回忆，一边走出了健身房，来到了弥漫着氯气味道的游泳池前厅。这样的闲聊对话令人感到平静舒缓，仿佛被包裹在一层棉絮中，远离了周遭的喧嚣。

我们没有带泳衣，但埃尔莎听说有一小部分干净的二手泳衣可以借用。于是我们找到附近身穿白色制服的服务员问了一下，他带我们来到了一个衣橱前，里面有泳裤、比基尼和连体泳衣，按照尺寸整齐地摆放着。旁边是另一个衣橱，里面放着毛巾和浴巾。

"你们可以随意使用。"服务员介绍道，"用完之后放到更衣室的洗衣袋里就可以了。毛巾和泳衣分开放在各自的袋子里，流程是不是简便又实用？"

他笑了笑。我们向他道过谢，拿了需要的东西就去了女更衣室。我们各自找了一个储物柜，脱掉衣服、在下身围了浴巾，

---

① 纳粹德国时期的国家秘密警察。

光着脚走到淋浴间。

幸好里面人不多，光是眼前这几具裸体就已经让童年回忆的棉絮松动脱落了。我们面前有六个女人，其中三个身体和脸上布满了伤痕，和屈腿机上的那个男人一样。她们每个人身上都有至少一处手术疤痕，大部分是在腹部。其中两个女人的关节扭曲肿胀，动作迟缓僵硬，好像全身都在发痛。另一个女人明显呼吸困难，行动非常缓慢，需要一直扶着东西——一堵墙、一个水龙头、一个朋友。她时不时地就要停下来持续地喘气、喘气、再喘气，然后才能趔趔趄趄地继续往前走。

我和埃尔莎在水汽弥漫的更衣室门口，傻傻地定在了瓷砖地板上，手上拿着借来的泳衣，臀部和大腿上还围着浴巾。我们杵在那里，有几个女人正在淋浴间和水龙头旁边，还有几个正在冲洗泳衣，她们都停了下来，转过来冲我们友好地微笑，打招呼。除了那个呼吸困难的女人，她扶着墙上的瓷砖倚在那儿，只是疲惫地朝我们点了点头。

埃尔莎率先行动起来。她果断地扯下浴巾挂在挂钩上，径直走进其中一个淋浴间，打开了水龙头。我机械地效仿她的动作，我们穿好泳衣，一起走到了泳池区。这里有两个大泳池：一个是深水池，长 75 英尺 ①，配有充气蹦床和跳水板；另一个是浅

———————

① 约 23 米。

水池，长 150 英尺 ①。另外还有两个按摩浴池。

这里没有儿童池。

埃尔莎一言不发地走向跳水板，开始往上爬。跳水板一共有四层，每一层都有一块跳板延伸到泳池上方。我以为她会爬到比较低的其中一块跳板上，然后做好准备垂直下跳。但她并没有，而是继续往上爬，越过第三层，一直爬到了顶层。从我站着的地方望去，她离天花板好像只有几英尺的距离。她迈着轻松、自信的步伐走了上去，跳板在重压下微微颤动。她在跳板末端找好位置，脚尖刚好踮在边缘的位置上。她向前平举双臂，站得笔直，直视前方，等待着跳板完全静止。头顶上方的广场上有人走过，透过厚厚的玻璃天花板可以隐约看到鞋底的形状。我站在下方的泳池边望着埃尔莎，忽然感觉脚底有一股力量把我向下拖拽，不禁感到一阵眩晕。我总是很容易头晕。

这时，埃尔莎开始屈膝下蹲，一次、两次，跳板开始弹动；第三次，她收回了双臂，好像是要屈起身体。接着，她用力蹬直膝盖，双臂直直地在头顶举起，从指尖到脚尖绷成了一条直线。她像一杆长矛从跳板上起飞，像弹簧一样跃向了空中；然后斜着身子飞向屋顶，腾空之后上半身向前、向下贴近双腿，接着再次把双腿向后、向上舒展开，身体又化作一杆长矛，向下猛冲。

---

① 约 50 米。

下一刻她划破了水面，只激起一阵鞭挞般的声响，几乎看不到一点水花。至少在我印象里如此，当我回想这个场景的时候，脑海中的画面就是这样的：在一阵呼啸和噼啪声中她穿入了水面，一滴水花都没有溅起，唯一留下的痕迹就是入水处轻轻泛开的一圈圈涟漪。

埃尔莎潜入水下游动着，身体的轮廓线在波光粼粼的水面下摇曳。她从泳池的另一端浮出水面，爬上金属梯子，把湿漉漉的头发撩到脑后，甩了甩耳朵里的水。

"啊，这感觉太棒了，我都不知道怎么形容了！"我沿着泳池走到她的身边，听到她这样感叹道。

我很惊讶，满脸崇拜地傻傻问道："你这是从哪里学来的？"

"噢，"她笑着说，"我小时候就一直练跳水了，练了几年就开始参加比赛。"

"你以前肯定很厉害，"我纠正道，"我的意思是，你很厉害。"

"谢谢夸奖。我以前确实很厉害，还得过一些奖之类的，挺有意思的。我的意思是跳水很有意思。但我的实力算不上顶尖水平，跳水也单纯只是因为喜欢这种自由的感觉，有种难以名状的美感。我不想追名逐利，只想追求这种美好的体验和略微的危险感，这对我来说足矣。"

我盯着她，说不出话来。

"我知道你在想什么。"她说，"你一定在想要是我去顶级比赛拼一拼，可能就不会沦落至此。"

"对，差不多是这个意思。"我承认了，"如果你能得到一块奥运奖牌……"

"我懂，"她说，"那样我就会成为许多年轻女孩的优秀楷模，可以安度余生。但我必须告诉你，多丽特，我从来没有后悔过离开激烈的赛场。因为那不是我想要的生活。我一直不理解为了赢本身而赢有什么意义。费尽心机地在一件无关紧要的事情上胜过别人，又有什么意义呢？为什么要这么做呢？你能理解吗？"

"不能。"我老实回答道，"我真的不理解。"

"对吧。"她说，"我能看出来你不理解。如果理解，你可能也不会沦落至此的。我们去游泳吧？我们换个泳池吧，以防有人像我这样跳下来砸到咱们头上。"

我们来回游了二十趟。在前三四趟的热身之后，我开始加速了。我游的是蛙泳，虽然没有正经学过，但四肢还算强壮，心情好的时候可以游得很快，就像现在这样。我奋力快速地划水蹬踢，好像真的要把水劈成两半。

我游完浮出水面，感觉身体像鲸鱼一样沉重。我把自己甩到泳池边，带起了一片毫不优雅的水花。我在岸边等着埃尔莎，她游得慢一些，还差几个来回。我喘着粗气，感觉心脏在快速且平稳地跳动。这一刻，我感觉自己真的在活着。

第二部分

一

我不去想尼尔斯，不去想我的房子，也试图不去想约克，但我做不到。我尽力压抑着对约克的想念，但无济于事。因为我对它的想念是特殊的，是一种融于血肉、刻骨铭心的想念。这种想念令我痛苦万分。

如果你从来没有和小动物亲近过，可能很难理解，怎么有人会想一只狗想得痛彻心扉。但其实人和动物之间的关系，比人与人的关系更为现实具象。因为你无法通过语言去了解狗的感受或想法，只能通过观察来解读它的肢体语言。所以如果你想要向它传达重要的信息，就必须通过动作、神情、手势和声音来表达。

相反，人只需要对话就可以相互了解。人与人之间很容易架起语言的桥梁，让各种信息、解释和承诺畅行无阻。比如，一个人可以对另一个人说"我的生日是 8 月 26 日"，这是一条信息；也可以说"我迟到了，因为车子发动不了"，这是一种解释；又或者说"我爱你，至死不渝"，这是一个承诺。与此同时，语言还可以在人与人之间起到减震器的作用。比如，关系亲密的人往往会回避沉重、焦虑、烦恼的事情，而选择谈论其他话题。就像我和埃尔莎一起回忆童年那样，或者像那些老夫老妻，总是热衷于讨论给孩子买双新鞋、给房子做些扩建，而对这几天吵的架缄口不言。

而约克和我之间没有桥梁，也没有减震器。我们之间的沟通直截了当，没有捷径，没有分歧，也没有弯弯绕绕。我们无法讨论彼此间的关系，无法消除误会，也无法表达对方在自己心目中的地位。因为物种的差异，我们是两个完全独立的个体，但同时我们又相依为命、并肩而行，彼此之间没有承诺，没有谎言，也没有客套。刚来这里的时候，不管我有没有想起约克，都会觉得它在用粗糙的皮毛磨蹭我的手掌，皮肤下的心脏轻快地跳动着，冰冷的鼻子和温暖的舌头带着呼吸和皮毛的味道贴着我的脸颊。我还能看见它向我扑过来，听到它短而有力的吠叫。它大步迈开腿，优雅地昂着头，兴奋地哧哧着，尾巴摇个不停。它喘着粗气在我身边跑动，爪子有节奏地刮擦着地面。晚上躺在床上，我也能感觉到它压在我腿上的重量，当我早上醒来的时候，猛地坐起身，一瞬间仿佛看到它坐在床脚下，满眼期待地望着我。

然而每一种关于约克的感觉、情绪，以及所有幻象都是稍纵即逝，让我立刻意识到这都不是真的，一切都只不过是幻觉而已。这样的醒悟总是来得很残酷，像拳头一样砸在我身上，像尖刀一样刺进我心里，留下的只有经久不息的疼痛。

唯一能帮我减轻这种痛苦的，只有运动。只要我动起来，身体就会产生内啡肽。只要身体还能产生内啡肽，日子就还能苟且下去。埃尔莎大概也和我有同样的想法，所以刚开始的那几天里，我们总是不约而同地一起行动。我们绕着中庭步道和温室花园散很长的步，去游泳，去练 FS，去做力量训练，去加入各种舞蹈团体——萨尔萨舞、嘻哈舞、爵士舞、踢踏舞、肚皮舞——我们竭尽全力做到最好。到了晚上，我们在四层室内广场上的餐厅吃饭，聊我们的老同学，或者跟同在这里吃饭的人聊一会儿天。像这样用闲聊社交来消磨时间，对我来说是一种全新的体验。在此之前，我对"时间"和"人"的看法是截然不同的。以前我一直觉得自己的时间很宝贵，认为每个人都是独立的个体，从来不会把别人简简单单地看作是用来陪伴我的"某人"。我对所谓的陪伴不以为意，对闲聊寒暄也毫不在意。直到现在我才发现，与人闲聊有很好的舒缓效果，就像是给扭伤的脚踝上了一剂冷敷，可以消肿化瘀。

夜色渐浓，我和埃尔莎起身各自回公寓了。

经过这一整套的身体活动、谈天说地、热情消遣，我已经筋疲力尽了，几乎是瘫倒在床上，陷入了昏沉无梦的沉睡。睡了八个小时，醒来之后感觉自己精神焕发。而随着一个一个全新的早晨开启，约克在我脑海中的幻觉也逐渐变得模糊了。

二

"如果他们发现我有问题会怎么样？"我说。

"比如说？"马伊可问道。

"好吧，我也不知道。"我说道，"就是如果我不够健康，他们发现我……"我试图寻找一个合适的词语，"……发现我没有用。那会怎么样？他们会怎么处理我？"

这是个星期四的早晨，我们正站在电梯里下行。马伊可的展览周六就要开幕了，她要去二层的工作室做一些收尾工作。而我要去一层的 2 号实验室，参加新人的强制性体检。电梯停在二层，门滑开了。但马伊可没有走出去，而是伸出双臂抱住了我，轻抚着我的后背。

她身上很温暖，让我备感安心。她没有说话，只是静静地站在那里抱着我，轻抚我的后背。这时，门又关上了，电梯开始往下走，我们彼此笑了笑。她又下到了一层，这次换我先下电梯。我转身向她挥手告别，她也向我挥了挥手。电梯门关上，嗡嗡响着再次把她送上楼。

我走进了一条走廊里，两边是白色的门和浅黄色的墙壁，看起来和医院的走廊没什么两样，墙上挂着司空见惯的画作复制品。经过了一幅凡·高，一幅卡尔·拉森，一幅米罗和一幅凯斯·哈林，尽头便是 2 号实验室的门口。

　　我到得很早，但没想到弗雷德里克、波尔和乔安娜已经坐在候诊室里了。他们靠着墙壁坐成一排，相顾无言，只在我进来的时候冲我点了点头。我在弗雷德里克身边坐了下来。

　　对面的墙壁上挂着两幅大型贴画。其中一幅是秋景：深褐、金褐、浅黄色交织的田野，白色和灰黄色调的天空，成群结队的黑白鸟群散布在大地和天空中。鸟群似乎拼成了一个形状，是某个图案。我看了一会儿，发现那是一张脸。我的姐姐西芙以前经常创作这样的画。我起身走过去，想看看图片上有没有签名，但并没有找到。我小心翼翼地掀起图片下方的一个角看了看，背面也没有。我回到位置上坐下，乔安娜、波尔和弗雷德里克都一脸好奇地盯着我。

　　"它让我想起了……以前认识的一位艺术家。"我解释道。

　　乔安娜微微顿了一下头，表示明白了。波尔点了点头。

　　弗雷德里克说道："这里总有很多你以为早已遗忘的东西。"

　　"没错，"我说，"但这个人我没有忘记过。"

　　"是你的好朋友吗？"

　　"是我的一个亲戚。"我尽力挤出一丝微笑，然后转过脸去。

　　弗雷德里克没有追问，只是把手在我手上覆了一会儿。

门口传来一阵欢快的声音。埃尔莎开门进来，同行的还有罗伊和索菲亚。埃尔莎脸颊通红，头发湿漉漉的。她坐到我身边，身上散发着淡淡的氯气的味道。

"你去游泳了吗？"

"跳水。"

"开心吗？"

"爽翻了！"

这时，我环顾四周数了一下，只有七个人。

"还有谁没来？"我正问道，这时门猛地一开，安妮气喘吁吁地冲了进来，头发乱蓬蓬的，嘴角还沾着牙膏。

她四下张望想要找一把空椅子，还没来得及坐下，房间里的门就打开了。里面摆放着自助早餐，一位留着乌黑长发辫的护士出现了。

"早上好。"她说道，"我是护士利斯，各位请进！"

吃早餐的时候，我们每个人都填写了一份健康问卷，在一些提问的方框里勾选作答：

家族中是否有糖尿病、风湿、乳腺癌或其他慢性病和遗传性疾病；

本人是否患有慢性病；

是否患过重大疾病或者严重外伤；

是否做过各类手术；

是否经历过堕胎或者流产；

是否患有或者曾经患过性传播疾病；

是否正在服用治疗躯体疾病或者精神疾病的药物；

是否还有月经，如果还有，月经是否规律；

是否有发热、失眠、情绪波动；

是否感觉疲惫、紧张、焦虑、抑郁或者完全健康。

我们填完问卷也吃完早餐，检查就开始了。我们接受了各种项目的检查：脉搏、血压、验血、DNA、心电图、胸部 X 射线、乳房 X 射线，还有视力、听力和反应能力测试。我们还做了全面的妇科检查，用巴氏涂片进行 HIV、衣原体感染、梅毒和淋病检测。

检查持续了一整个上午，从一个房间换到另一个，从一个监测站转到下一个。我们好像在进行一种循环训练，只不过用的不是鞍马、跳箱、绳子、负重、横杠、垫子，而是医生和护士手上的各种设备：注射器、取样瓶、血压计、听诊器、X 射线扫描器、妇科马镫型腿架等。

我先做了乳房 X 射线，护士卡尔在一旁照看我。我躺在巨大的 X 光仪器上，她轻轻地按压我的一侧乳房，接着按压另一侧。然后来到了妇科室，给我做检查的是阿曼达·约斯托普医生。

检查完之后便去到了隔壁房间，利斯护士和哈桑护士给我称了体重，测量了脉搏和血压。接着去找亚斯明护士，测试了反应能力和血红蛋白，采集了一些其他的样本，还验了血型，并用拭子从嘴里取了唾液用作 DNA 样本。然后又做了胸部 X 光、心电图、视力和听力检查等，一直到我们八个人都完成了所有检查。

我们的午餐是一份煮三文鱼片沙拉。没有面包、土豆、意面之类的主食，这样我们既可以摄取营养，又不会犯困犯累。因为休息一个小时之后，就要进行体能和力量测试了。

一排健身单车围成半圆形，在我们身上特定的部位连接着五花八门的电缆、电线和传感器。伴随着节奏强劲的音乐，我们踩着踏板，一个教练撕心裂肺地喊着："很好，大家一起来！一、二、三、四！加把劲儿，所有人，一、二、三、四！"

与此同时，我们身上的电缆、电线、传感器连接在机器和监视器上，正在实时监测我们的脉搏、肺活量和按每分钟踏频计算的卡路里与脂肪消耗量。单车的模式分成好几档，从简单逐渐变得困难。整个体能测试持续了半个小时，进程过半的时候，难度陡然增加，并且逐步提升。到最后我感觉像是在陡峭的山坡上逆风骑行，我们的腿不自觉地想要放慢速度，甚至想要停下来。但教练还在不停地敦促我们继续，变本加厉："加油加油！蹬起来，一二，一二，我们再加点儿速！"

我感觉她已经疯魔了，这时候停下来可能没什么好果子吃。我只能使出吃奶的劲儿，龇牙咧嘴地强忍着大腿的酸痛，上气不接下气地继续蹬着，挥汗如雨。过了一会儿，我感觉心脏变得越来越沉重，像被拽着往下拉，空气也逐渐稀薄，仿佛自己置身于三千英尺[①]的高空。

不过，我们逐渐蹬得轻松起来，像在平地上骑车一样，接着又像是骑到了下坡。在这一阵短暂的放松之后，音乐终于结束了。亚斯明护士和卡尔护士进来取下我们身上的传感器，我们终于可以下车舒展身体，再喝点儿饮料，从大篮子里拿点儿水果吃。

休息结束之后，我们又登上了一套高级家用健身型的力量锻炼器，用来测试腿部、手臂、肩部和腹部的力量。这可比疯狂单车要舒服多了。教练这次没有声嘶力竭地冲我们喊叫，只是四处走动着，语气平和地向我们细细介绍了如何针对不同的肌群设置机器，按自己的节奏把控进程。

从早到晚下来，这一天所有的测试结果和样本都被输入了数据库。等到力量评估完成之后，我们都拿到了自己的纸质报告，上面包含了个人的测量数据，以及与同年龄、同性别的无效用人的平均数据对比。另外还有一个表，是与有效用人的平均数

---

① 约1千米。

据对比。很有趣也很意外的是，有效用人在体能、体力和BMI[①]各方面，都明显不如无效用人。但同时又很矛盾，他们在血细胞计数和血压方面比无效用人好得多。

体检结果显示我的身体是健康的。虽然铁含量稍微有点低，但也还在正常范围内。而在力量方面，我的数据略高于无效用人的平均水平，体能方面则是比平均要优秀得多。

那天的最后，我们每个人都跟一位护士简单聊了一下。和利斯护士聊完之后，她建议我去看一下心理医生。更糟糕的是，她已经帮我约好在第二天午餐之后就去。因为我在调查问卷里勾选了"非常焦虑"和"非常抑郁"。问卷让我们从以下选项中选择：

我感觉：

1. 完全不焦虑。

2. 偶尔焦虑。

3. 有一点儿焦虑。

4. 非常焦虑。

5. 极度焦虑。

---

① 指身体质量指数，通常的计算公式是体重公斤数除以身高米数的平方。

6. 难以承受焦虑的事。

关于抑郁、压力和疲惫的问题也是同样的选项。

"如果你有两道及以上的问题勾选了4、5、6项，我们就会自动帮你约心理医生咨询。"利斯护士这样解释道。

"可是，"我说，"这里每个人多少都有点儿焦虑和抑郁吧？我的意思是说，这难道不是正常现象吗？"

利斯护士歪了一下头，辫子跟着晃荡。她咧着嘴笑了，露出了酒窝和一口小白牙，笑起来的样子像个小孩。

"你说得没错，多丽特。"她说道，"这里的大部分人都时不时地会感到抑郁。这也是为什么我们这里配了十几位心理学家。我们希望无论是身体上还是精神上你们都能保持良好的状态。毕竟身心的状态是联动的，你懂的，对吧？"

"确实。"我应和道。

我衣服上的汗水已经干透了，身上又臭又冷。我准备起身，想去洗个热水澡，换身干净衣服。但我看利斯护士还有话要说，只好留在原地。

"我们有个提议。"她说道，"这里有一组研究员正在进行一项实验，还需要一批体力耐力好的人，我们觉得你很合适。"

"是吗？"我说，"那这项实验是关于……"

"简单来说就是……"利斯护士回答道，"你要在比较长的一段时间里，每天下午进行体能锻炼，大概要持续两个月。据我所知，锻炼强度是比较高的。因为他们要在你几乎力竭之后，检测体内各种矿物质和激素的水平。其实跟你今天在这里练的项目差不多。研究员是想要知道人在进行剧烈运动的时候体内的哪些营养物质和激素会流失，哪些会自主产生和释放，以及这种流失和产生在一段时间里是怎么运作的，和受试者的体重、性别、基本体能状况有什么联系。简而言之，就是高强度运动能带给我们什么，又会带走什么。"

我感到不可置信，这个项目听起来好得不像话。

"所以这里面有什么忽悠吗？"我问道。

利斯开心地笑起来，似乎就在等着我这么问。

"不会忽悠你的。"她说道，"像这种既安全，又相对舒服的实验，在外面也不太好招志愿者，因为大家太忙了。一方面是这个实验太费时间，每天四个小时，每周五天，要持续好几个月。另一方面是你会很累，可能会比平时睡得久，吃得也更多。有效用人哪里有这个空闲呢？如果能给点儿报酬，会有年轻人愿意参加，当然还有顶级运动员。但这些不是研究员偏好的人群，他们需要的是身体比较健康的中年人。"她停顿了一下，然后问道："那么多丽特，你觉得怎么样？"

我当然明白，这个项目可以让我在几个月里暂时远离手术台。实验内容听起来也像个美梦——大量锻炼，大量进食，充足睡眠。所以其实没什么好犹豫的，但我不想表现得太感恩戴德或激动不已，所以故作矜持了一下。

"这个……"我回答道，"感觉可以试一下。"

"太棒了！"利斯说，"那你从明天下午两点就可以开始了。你见完阿诺德就马上过去。"

"阿诺德？"

"阿诺德·巴克豪斯，你的心理医生。研究小组在 8 号实验室工作，你见完阿诺德就到这里来，我带你过去。其实……"她的语气像是要分享一个十足美妙的大惊喜，"从明天开始我就是这项特别实验的助手了！"

她笑着挤出了酒窝，眼睛熠熠闪光。我完全看不懂她。

我往外走的时候路过候诊室，在那幅贴画前停下了脚步，凝视着画里的鸟群构成的那张脸。那张脸似曾相识，但我想不起来是谁。另外我非常肯定，这幅画一定是西芙的作品。

三

　　我洗了个澡。这是我第一次在自己的浴室里，一个人洗澡。之前我一直在游泳池或体育馆里洗澡，身边总有一群赤身裸体的女人。而现在没有人跟我说话了，我才真切地感受到监控摄像头的存在。我可以想象到，在某座控制塔里，正有人坐在一排监视器前仔细盯着屏幕，注视着我在浴室洗澡。这让我感觉像是为别人而洗澡，在进行某种表演，在出演一场直播秀。倒不是说有多不自在，只不过感觉不太真实，好像不是真的在洗澡，而是在扮演一个洗澡的人。

　　到了这个阶段，我已经可以自如地在监控下上厕所了。我理所当然地默认：当住户做一些身体本能的私密行为时，观察员一定会默默移开目光，去看另一台监视器。

　　我擦干身体换上了干净衣服，感觉又饿又渴。第一反应就是想去餐厅，吃一顿现成的饭菜。但我出门走到半路，又停下了脚步。

　　既然能一个人洗澡，那也可以尝试一个人解决吃饭问题。于是我重新关上了门，毅然决然地穿过客厅走进了厨房。我从柜子里拿出一包饼干，从冰箱里拿出黄油、奶酪，倒了一大杯橙汁，站在水槽旁边喝了下去。我把黄油涂在饼干上，再切了一些波特萨鲁特奶酪放在上面。我靠在面对客厅的台面上，站着吃起来。我咀嚼着，酥硬的饼干在牙齿间嘎吱作响。吃完一块，又弄了一块同样的，这时想起来还有一些番茄，我拿出一个番茄切成了厚厚的四片，将两片盖在奶酪上面。我又倒了一杯果汁，正把杯子举到嘴边时，无意中看到了天花板角落里的小型摄像机镜头，正直勾勾地盯着我。

我把杯子从嘴边拿开，高举到空中说了句："干杯！"接着喝掉。我用奶酪和剩下的两片番茄又做了一个饼干三明治，背对着镜头吃了下去。吃完之后感觉饱了，一时不知道接下去要做些什么。于是把黄油、奶酪和果汁放回了冰箱，向外走去。

我坐着电梯向上来到中庭步道，穿过一间气阀室，进入了温室花园。和那些享受内啡肽的人不同，我现在只想散步。我极力放慢脚步，沿着石子路穿过一片片乔木丛和灌木丛，路过小喷泉和大理石长椅。长椅上或闲聊或看书的人，看到我路过便抬起头向我点头致意。接着，我向另一片更阴暗的灌木区走去。我在一株盛放的芙蓉花前停下了脚步，花蕊极具挑衅意味地望着我。一只大黄蜂嗡嗡地钻进一朵花里，安静片刻之后跌跌撞撞了一阵子，又嗡嗡地飞了出来。

我继续往前走，向路上遇到的人点头、微笑或打招呼。我已经认识了一些人，大部分都能认出来，还有一些是之前没见过的。也有一两个人，是我最后一次见到他们。我穿过橄榄林，在奢华的花圃里久久流连，柏树、玫瑰、茉莉、薰衣草、桉树的清香在我四周萦绕。

我穿过柑橘林，终于来到了大草坪上。

在一棵雪松树下，有一小群人坐在毯子上野餐。不远处有一个男人独自趴在毯子上看书。我仰躺在草坪上，微湿的草地散发出泥土的味道。我把一条腿架在另一条腿上，透过铅玻璃穹顶望向天空。外面正在下雨，雨水在穹顶上流动，画出了斑驳的条纹。透过那些条纹，我看到灰蒙蒙的云朵载着水汽在天空中飞驰。外面不只是在下雨，还刮着风。风很大，几乎像一场风暴。我猜外面风速可能有每小时三十五英里①。可是在这里，在我所处的这片空间里，却是一片静寂。这里没有风，当然也没有雨，有的只是空调系统轻微的嗡嗡声。但像今天这种时候，连空调的声音也很难听见。因为空气中充斥着各种喧闹的声响：有人走动，有人聊天，蜜蜂鸣叫，鸟儿歌唱。浇水是在晚上进行的，有严格的时间表。

这里温度宜人，很容易让人变得慵懒。我迷迷糊糊地躺在那里，感觉脑后的草地传来了一些动静。是一阵轻盈的奔跑声，

---

① 约每小时 56 千米。

让我陷入一种奇异又梦幻的状态，仿佛回到了家里的小花园，同时又置身于这儿的温室花园。在这样的夏日里，我躺在草地上休息，一阵阵的脚步声从我脑后远去又靠近，越来越近，近到我能听到微弱的喘息声，能感到有个鼻子轻轻蹭我的头发，温热的气息吹拂过我的头皮。我笑着转过身去，但面前却是空空如也。没有狗，没有人，没有鸟，连一只老鼠和甲虫都没有。什么都没有。我感觉胸口一阵刺痛，但还是硬着头皮不坐起来，甚至没有用手去捂胸口。我强迫自己静静地躺在原地，把注意力集中在天气和外面的风雨上。

外面还在下雨，飞驰的云朵越发阴沉，从灰色变成了蓝黑色。我意识到时间已经接近黄昏了，人造露水洒落下来，室内的空气迅速变得清凉潮湿。我终于坐起身来，四周已经一片黑暗。野餐的人正在收拾东西准备离开，只能看得到他们模糊的剪影。这时草坪周围的路灯亮了，洒落一片淡黄色的光晕。我这才看到爱丽丝也在其中，一周前的派对结束之后就没再见过她了。

我站起身想要喊住爱丽丝，她刚好转身向这边望过来。但我蓦地想到：万一她不认识我，或者不记得我怎么办？

以前在外面的时候，就经常遇到这种情况：我跟一些人打招呼，但他们却认不出我。明明几天前才参加过同一个派对或活动，而他们就坐在我对面。但爱丽丝一看到我就灿烂地笑了，挥手喊道："嗨，多丽特！"接着朝我走了过来。

　　"早知道你在这里，"她说，"我们就叫你一起尝尝艾伦做的覆盆子派了。味道很棒，可惜现在都吃完了。"

　　"我也是刚看到你，"我说，"正好也想一个人待一会儿，今天刚做完那个大型体检。"

　　"对噢。怎么样啊？"爱丽丝问道。

　　我把运动实验的事告诉她。

　　"哇！恭喜啊！"爱丽丝举起手跟我击了个掌，"感觉还可以吗？"

　　"感觉非常好。"我回答道。

　　"爱丽丝！"她的一位同伴喊她了，他们已经收拾好毯子和篮子准备走了，"别忘了去打针！"

　　"不会忘的，我现在就来！"爱丽丝回了一句，转身继续跟我说，"我参加了一项男性激素的实验。别问我是关于什么的，太复杂了根本记不住。但我猜我很快就要长出胡子和胸毛了。"

　　听到她这么说，我发现她的嗓音确实比星期六派对那时要低沉了一些。

　　"回见！"她说着准备走开，又停了下来，"后天展览上见，好吗？"她说，"马伊可的个展，你会来的吧？"

　　"当然，"我说，"祝你实验顺利。"

　　她向我比了一个大拇指，转身走了。

　　我也穿过草坪往回走去，只不过和爱丽丝的方向相反。那个看书的男人睡着了，还保持趴着的姿势。我停下脚步犹豫着，要叫醒他吗？还是不管他？趴在那里睡觉会着凉的。但他可能就是想要独处一下呢？我打算继续走，可他直挺挺地趴在那里，万一他是生病了呢？我觉得还是得过去看一下。

当我走近的时候，发现那个人是约翰内斯。他趴在那里，脸颊贴在书本的右页上。我在他身边蹲下来，瞥了一眼书左边的一页，发现这是一本戏剧书。页面中间的位置有这样一句话："夜幕降临，在炉子旁劳碌一整天的人都累了。而睡眠理应受到尊崇……"

我原本可以把这句话当作一个信号，暗示我不应该打扰他。但是约翰内斯一动不动地趴着，看上去甚至都没有呼吸。一瞬间我有些害怕……我有些担心，怕发生那种所谓最坏的情况。我没多想就把手放到了他的肩膀上，轻轻摇晃着他。

"约翰内斯？"

"呃……怎么了，威尔玛？"他半梦半醒地喃喃道。

"我不是威尔玛，"我说道，"我是多丽特。你还好吗？"

"多丽特？……"他一激灵抬起了头，睁开了一只眼睛，接着睁开另一只，"哦，多丽特，我的舞后，你来了。"

他眨了眨一只眼睛，我不确定是在抛媚眼还是没睡醒，但我还是选择相信后者。他翻身坐了起来，身体看上去很柔软，在草地上趴着睡了这么久也完全没有僵硬。他稀疏的白发凌乱地翘着，面容憔悴，比昨天晚上我和埃尔莎在餐厅吃晚饭遇到他的时候，看起来更为疲惫。

"你还好吗？"我问道。

"噢，我就是累了。啊，天都黑了。时间过得真快啊，多丽特。"

"是啊，"我回道，"确实很快。"

他站起身合上了书，抖了抖毯子叠好，我们一起穿过花园向出口走去。他告诉我他正在参与一项心理实验。

"就是关于合作、忠诚和信任方面的一套训练，很累人。真搞不懂，他们做这种实验能搞出什么花来？我的意思是说，这里根本没有人懂得什么是所谓的信任。你能理解吗？"

我笑了："不理解，说实话我觉得我不懂。我一直不明白，为什么依赖别人会被看作是一件好事。对我来说这很幼稚。"

"没错，"约翰内斯说，"还有所谓的忠诚，你觉得忠诚是什么？实际上不就是一种盲目吗？"

"也可以说是依赖的另一种叫法，"我回答道，"而且是处于弱势地位的叫法。卑躬屈膝，还带着点儿恐惧。"

约翰内斯叹了口气："你真应该来观摩一下，看看我们怎么合作解决问题，如何拼命达成共识。你都想不到这个过程有多聒噪！我耳朵都要炸了。所以才会这么累。你懂我的意思吗？"

"我懂。"

"但其实我不应该抱怨的，"约翰内斯接着说道，"至少这个项目没有人身危险，不用吃化学药物，也不用做手术。话说你怎么样，多丽特？你的情况如何？"

我们穿过一个温暖的气阀室走出中庭步道，我跟他说了运动实验的事。他也向我表示了祝贺，但这次不是击掌，而是一个拥抱。一个坚定、温暖，带着男性气息的拥抱。这让我感觉……怎么说呢？说不上是身体欲望的冲动，但差不多，至少是这个方面的。我的脑袋嗡嗡作响，似乎有点儿眩晕，一阵战栗在我身上传过。荷尔蒙专家可能会说，这是我对约翰内斯的信息素做出的应激反应，但我当下感觉有点儿尴尬。当他松开我的时候，我甚至不知道眼神该往哪里放。

为了掩饰我的尴尬，我故意问他星期六去不去参加马伊可的展览。

"你会去吗？"他反问我。

我告诉他我会去。

"那我也去。"他回答我，又向我眨了一下眼，这次他肯定不是没睡醒。

我尽力保持严肃地说："你是在跟我调情吗，约翰内斯？"

他笑了笑，歪过头问道："你觉得呢？"

如果在外面，有男人对我做出这样的举动，我可能会举报他性别歧视或者性骚扰——在外面的社会我必须这么做。但这次不是在外面，所以我第一次感到了欣喜。是的，欣喜。其实每次有男人跟我调情，我都是暗自得意。这种欣喜幸福的感觉让我全身发软，就像穿上了黑色连衣裙、尼龙长袜和高跟鞋那样。

不过虽然我暗自高兴，但还是佯装一副嗔怒的样子，沉着脸瞪着约翰内斯。

可他只是冲着我发笑，我顿时羞红了脸望向一旁，感觉自己像个傻子。更羞耻的是，我竟然很享受这种感觉，这让我觉得自己更傻了。我好像老电影里的傻女人，弱不禁风、一无是处，只知道咯咯傻笑，在屋子里忙忙碌碌，等着被男人勾引。突然我想起了摄像头和麦克风，就算现在碰巧没有人在看监控，但它们还是会记录下我们的一举一动。我很担心我的肢体语言会暴露自己。

约翰内斯好像看透了我的心思，说道："没人在意的，多丽特。你还没发现吗？在这里根本没人在意。"他用戏谑、近乎嘲讽的语气补充了一句："在这里你可以尽情做自己，完完全全的自己。"

我在想，要不要假装没听懂他的话，说他误会了我的意思，我并不是像他臆想的那样。但我没有这么说，只是嘀咕了一句："好吧……"

于是我们就此分别了。我目送他向 F 电梯走去，他突然转身又冲我眨了一下眼，我忍不住笑了。

我正准备坐 H 电梯回宿舍，突然想起还不知道埃尔莎和护士聊得怎么样了。于是我改道去找她。

她没有在 A1 区的房间里，于是我敲了敲其他房间的门。有一个人见过她，说她提着一个小袋子，肩上搭着一条浴巾出去了。

我在游泳池旁边的桑拿房找到了她，她正和莉娜、瓦妮娅在一起。莉娜是一个很开朗的女人，有一头凌乱的白色短发，眼睛像松鼠一样炯炯有神。瓦妮娅看上去截然相反，一头铁灰色的头发编成了长辫子，一脸严肃。

"嗨，多丽特！"埃尔莎看到我走进来便说，"快进来坐！"

我抓起一条毛巾，脱掉衣服冲了个澡，走进桑拿房，在最上面的木凳上坐了下来。

我们东拉西扯地聊了一会儿，终于瓦妮娅和莉娜接连离开，只剩下我和埃尔莎两人。我大汗淋漓，不停地擦着额头，防止汗水流进眼睛里。汗水沿着脊椎和胸口流淌而下，我很喜欢这种感觉。"今天情况怎么样，埃尔莎？"我问道，"我是说你跟护士聊得怎么样。"

"噢，我觉得我很走运，"她说道，"我加入了一项已经在进行中的实验，他们想要更多的'普通人'参与，就过业、能跟同事相处、可以迁就别人、能接受固定工作时间的那种人。

"这个实验是关于合作、互相信任、忠诚什么之类的测试。

我们会分成小组各自派任务，共同合作去解决一些问题。听起来好像还挺有意思的。”

　　“这一定就是约翰内斯参与的那个项目。”我说道。

　　“是吗？他觉得怎么样啊？”

　　“他觉得大多数时间都在说废话。不过这个项目绝对安全，只是很累人。”

　　我还说了自己发现约翰内斯趴在草地上睡觉的事，埃尔莎笑了起来。

　　“我从来对付不了疲倦。”她说道。

　　“我也是。”我回道。

四

"威尔玛是谁？"我问道。

约翰内斯猛地转身看着我，表情中充斥着惊讶，还夹杂着些许紧张，像是愤怒，又像是疑惑。我立刻后悔问出口了。

我们正站在马伊可的画作前，手上各自拿着一杯气泡果汁。画上是一个瘦骨嶙峋的老妇人，以胎儿般的姿势躺在医院的病床上，四肢挛缩着——正如这幅画的题目《挛缩》所言。老妇人全身赤裸，只穿着一条绿色的纸尿裤。一群拖着长尾巴的白色精子，在她的上方盘旋。

"你怎么会知道威尔玛？"约翰内斯问道。

"没什么，就是那天我在草坪上叫醒你的时候，我听见你说：'怎么了，威尔玛？'"

"噢！"他的神情缓和了下来，眼神中的戒备消退，又恢复了平静。

"威尔玛是我侄女。"他说。

"好吧。"我说道。我原本想要继续问问——她几岁了？你之前经常见她吗？你们相处得好吗？你会偶尔去照顾她吗？这些问题卡在了我的嗓子里。我很想知道和小孩子亲近是一种什么体验，成为他们社交关系的一部分，照顾一位小亲戚，被小侄子小侄女叫醒陪他们玩耍或者给他们帮忙。我很好奇这种感觉。

我和我的侄子侄女几乎没见过面，更别说照顾他们了。自从父母在一年内相继去世，我们兄弟姐妹之间打电话、写信、发电子邮件、探望彼此的间隔便越来越长。毋庸置疑，父母是维系我们关系的纽带，他们离开之后，我们就失去了相聚团圆的动力。奥利、艾达和延斯早已成家，各自生活在布鲁塞尔、伦敦和赫尔辛基。他们做的大概是管理顾问和营销运营之类的工作，都很忙。我从来没有去探望过他们，也无法想象他们的孩子会轻晃我的肩膀喊我起床："多丽特？多丽特阿姨？"我也同样无法想象，会有一个孩子晃着我喊："妈妈！"

总之，我无法向约翰内斯开口问更多关于威尔玛的事了。

片刻之后，我们移动到了下一幅画作前。这幅画画的是一个比较年轻的女人，身着白色长裙、头戴薄纱，拽着一张网在水下游泳。她正在追逐一群精子，而它们扭着尾巴想要逃离她和她的网。这幅画的题目是《生育》。

下一幅画很小，大概只有十二英寸①见方。暖暖的血红色背

---

① 约30厘米。

景上，点缀着蓝色的血管，一个浅蓝色的胎儿被包裹在羊膜里。胎儿侧着身，呈现出不自然的扭曲状态。细细的四肢还是半透明的，像正常胎儿一样弯曲着，但它的上半身和头部却面向前方，正对着观众。头部微微后仰，黑漆漆的椭圆形眼睛斜斜地眯着，它应该看不见东西，但无论站在哪个角度，我总感觉它在望着我。淡蓝色的面部中间，是一个尚未发育成型的鼻子，没有鼻孔，只是一块凸起。脸上的皮肤很薄，毛茸茸的。最骇人的部分是嘴巴，鲜红的嘴唇极其不自然地大张着，摆出一副扭曲、夸张的表情，看不出到底是痛苦抽搐还是轻蔑的嘲笑。也看不出胎儿已经死了还是奄奄一息，也可能还活着，但有着严重的畸形。我倾身看了一下画的题目：《生存还是死亡，这是一个问题》。

我忍不住大笑起来。约翰内斯看看我，也跟着笑了，笑声低沉含糊、略带迟疑。他可能是看到我在笑，出于礼貌地赔笑；也可能是想显得自己没那么木讷；或者他跟我一样思想分裂；又或者他忍俊不禁的时候，本来就是这么笑的。

马伊可端着半杯饮料向我们走来，刚才她一直站在展厅稍远处，和爱丽丝、瓦妮娅以及其他一些参观者交谈。

"你觉不觉得这幅画很有趣？"马伊可指着胎儿的画作问道。

"是的。"我回答道，"也不算，可能都有吧。这幅画……

让人感觉不太舒服。但也是挺有趣的。"

"嗯……"马伊可说道，"其实我画这幅画的时候，也是这样的感觉，只不过顺序正好和你相反。我是先感到了一种愤怒的幽默，但继续画下去的时候，胎儿变得越来越扭曲恐怖。到最后我都有点儿害怕它了，一直到现在都是。"

马伊可说话的时候我一直注视着她。那双碧绿的眼眸流露出平静自如的神态，但其中一只眼睛的外眼角，有一条细小的神经，在皮肤底下微微颤动。这微不可察的颤动，连同她嘴角的一丝紧张，暴露了她那自如的破绽，泄露了内心某处的不平静。我突然萌生出一种不可抑制的冲动：想要伸出双臂拥抱她，给予安慰和保护，用尽全力拯救她。但我还是很担心我的感性和冲动会破坏当下的气氛，就像一周前我们在莫奈花园散步那晚一样。

这个画廊和普通的画廊一样，抛光的木地板、白色的墙壁、高高的天花板，采光通风都很好。更特别的是，到了晚上室内仍然有日光。因为马伊可的主业是一位视觉艺术家，所以她的展览大部分都是色彩丰富、内涵深刻的绘画作品。在明亮的大厅另一端，却有一堵被漆成黑色的墙。墙上有一扇门，挂着厚重的黑色门帘。门上有一块蓝色霓虹灯招牌，写着：入口在此。

靠近门口和门帘，人们可以听到里面传来微弱的耳语声。这声音极具诱惑力，引人遐想，像磁石一样吸引我走到门口。

我微微掀开门帘向黑暗深处望去，接着拨开门帘走了进去。我静静地站在那里，等待眼睛适应里面的黑暗。过了一会儿，才看到更远处微弱的蓝光。

我小心翼翼地循着光亮和耳语声走去，很快就发现耳语声不止一个，而是两个，三个，甚至更多，根本无法分清。他们在黑暗中说话，声音从四面八方传来，有远有近，有来有往，此起彼伏。这些声音听上去很急迫，但并没有怀着怒气，也不咄咄逼人。我听不清他们在说什么，但觉得他们是在呼唤我——当然不只是对我，还有所有来到这里的访客。我脚下的地板柔软又安静，像铺了一层特制的地毯，听不到自己的脚步声。我也看不见任何东西，只看得见远处一道依稀的蓝光。我像是在一条隧道里行进，身边只有黑暗包围。片刻之后，我感觉身边有人走动。但我看不见，只是偶尔似乎能听到别人的呼吸声，也可能是有人擦肩而过带起的微弱气流，感觉不是很分明。

我越走越深，那些耳语声也越来越密集。声音并没有变大，是我在向它们逐步靠近，穿梭于其间，耳语在身后回荡，又有新的声音萦绕耳边。突然，这些温柔勾人的耳语声将我团团围住了。一开始是男女声夹杂着，后来间或出现了孩子的声音，在其中显得格外尖锐、高亢。

前方的蓝色光线蔓延开来，变得越来越亮。随着一步步靠近，我感觉身上越来越凉。说不上冷，只是感觉凉爽，还伴随着潮湿泥土的味道。我好像走进了一个山洞里，越走越深，遥远的耳语声中还多了滴水的声音，接着是缓缓的脚步回声。喃喃的声音、极致的黑暗、泥土的芬芳、清透的凉意，这一切都是如此平静，我的心跳也随之放慢了速度，寻找到了一个更为舒缓的节奏。

我的手臂、肩膀、后颈都松弛下来，脚步也变得更慢、更轻，像是以慢动作在行进。我心如止水，大脑软软地陷在头骨里，有生以来，我第一次感受到它的重量。它沉甸甸地躺在那里，不言不语，没有思考，没有提议，没有争论，也没有分析。它全身心地控制着我的身体机能和感觉器官，让我感到前所未有的敏锐。在这种奇异的高度放松状态下，我走进了一个椭圆形的房间，黑色的墙壁上悬挂着小幅玻璃画，我的脚步声在大理石地板上发出回响。这里肯定有人，刚才听到的脚步声就是从这里传来的，伴随着的还有耳语声和滴水声。

这些"人"是一些黑色的暗影，恍惚地飘荡着。滴水声和耳语声变得更大、更近，就像我刚才听到的那样，有远有近，有男有女，有大人有小孩，但依然听不清楚。这里也是一片黑暗，只有玻璃画闪着光亮，显现出蓝色和绿色的抽象图案。借着这束微光我才发现，人影绰绰的房间中间还有一块圆形的大石头。这是一块未经雕琢的岩石，大约有小马驹或者大型犬那么高。石头立在一口黑色的缸里，每隔五六秒就会有水滴从天而落，掉在石头顶部的一个凹洞里。凹洞已经被填满，溢出的水流顺着石头的曲线流进了黑色的圆缸里，而石头就屹立在那个缸里。

我站在那里盯着水滴下落，看着溢出的流水像一层透明面纱一样包裹着石头。直到身边传来另一个人的体温，我这才抬起了头。是马伊可，她默默地冲我点了点头。

我也点了点头。她的眼白映着玻璃画的蓝光，发丝在黑暗里泛着金灰的光泽，看上去像安哥拉羊毛一样柔软丝滑。我不自觉地抬起了手，用指尖轻抚她的头发——真的很柔软——接着抚过她的后颈和脊背，一直游走到她的脊椎底部才停下，而后慢慢抽回了手。

这时，我感觉"有人"也在对我做同样的动作——是的，"有人"，那个人不是马伊可。"有人"站在我的正后方，指尖从我的头顶游移到头发上，顺着发丝向下抚过我的后颈和脊背，最后停留在脊椎底部然后消失了。我转过身去，但还是没来得及看清是谁，只听到脚步声有节奏地远去，隐匿在了黑暗中。

五

一声枪响把我从睡梦中惊醒，我猛地坐起身，半梦半醒地环顾四周。天还没亮，屋子里一片漆黑。今天是星期一，距离展览已经过去了几个星期。

枪声？怎么可能呢？大概是我在做梦吧。可能是隔壁邻居关门的响声。可是怎么会有人大半夜这样摔门呢？那有没有可能是从外面传来的声音？想到这里，我才意识到，我根本不知道自己的确切位置。我不知道这里的高墙外面是什么，是村庄还是城市？是一片森林，还是一个工业区？也不知道公寓有没有朝外的墙，如果有的话是哪一面？我听到的那一声枪响，那个碰撞声、砰砰声，有可能是一枚炸弹，是一场爆炸，或者是一辆运载易燃物的卡车追尾，导致气体泄漏引发了燃爆。

外面可能已经火光冲天，像炼狱一般黑烟滚滚，毒气四散。我会不会有危险？我们会不会有危险？应该不会。最后我断定，刚才一定是我自己在做梦。我试图躺回去继续睡，但我已经彻底清醒了。我于是干脆起床冲了杯咖啡，又回到床上坐在羽绒被里。我喝着咖啡，看着天慢慢亮起来，光线透过墙上的板条渗透进来，像真的日光一样。

恍惚间我感觉像在自己的家，以前我就是这样开启一天的。那时候，我会在睡衣外面套上一条保暖裤和一件棉夹克，头上套一顶带耳罩的帽子，然后和约克一起打着瞌睡去散步。等到天快亮的时候就躺回床上喝咖啡，身边放着我的记事本。

我打开灯，拉出床头柜的抽屉，拿起那个装着尼尔斯、约克、我的房子和全家福照片的信封，接着拿出记事本和我最喜欢的钢笔。我把信封放了回去，也把被照片勾起的思绪收了起来。来这里之后我就没看过这些照片，觉得以后也不会再看，于是关上了抽屉。

接着我开始写作。但不是我之前创作的小说，而是新写的一个短篇故事，讲的是一个单身女人的故事，她在大约四十五岁的时候生下了一个畸形的孩子，就像马伊可画里的胎儿那样。不过我故事里的孩子不是胎儿，而是一个发育成型、足月出生的孩子，却有着严重的畸形。孩子的大脑缺失了很大一部分，像被人抹去了一样：只有感知饥渴、控制吞咽、排泄等机能的中枢神经还能工作。没有人知道这个孩子能存活几个星期、几天，抑或几个小时。即便克服重重困难，幸运地度过了第一个高危期，未来也仍然是一片无望。

不能看，不能听，不能闻，不能尝，不能感觉，不能辨认，更不能和他人交流。他是一个磨人的累赘，终生需要被人全天候照顾着。如果没有社会的无私援助，他的母亲绝对不可能独自抚养他。那么问题来了：这位母亲还能算作实质意义上的母亲吗？她还能算作有效用人吗？换句话问就是：如果生了一个不能与人互动、毫无贡献能力的孩子，她还能算是有效用人吗？

一直写到十一点半左右我才停笔，要穿上衣服去饱餐一顿，否则就没力气应付下午的运动实验了。五个小时写了整整三页半，还不错。我把这几页从记事本上撕下来，翻过来放进电脑旁边桌子上的塑料文件夹里。我打算把这些内容打出来，明天早上继续写。

我来到了特勒斯，这里总会有好吃的沙拉，量也很足。我选了一份，加了金枪鱼、鸡蛋、豌豆、米饭、卷心莴苣和番茄，又拿了一大杯鲜榨果汁。然后在最喜欢的位置上坐了下来，从这里可以看到莫奈花园里的睡莲池。

这个时间餐厅里几乎没有人，一般要到十二点半才会热闹起来。我本来想着可以碰到马伊可，因为她经常也是早早就来吃午餐。但她今天没有来，一直都没有出现。

吃完午餐之后我往下走到温室花园，在草坪上躺了一会儿，透过玻璃穹顶仰望天空。接着就该去参加运动实验了。坐电梯下楼的时候我在二层停了一下，想看看马伊可是不是在工作室里。

我想要告诉她，她那幅畸形胎儿的画作激发了我的灵感，让我重新开始写作了。我觉得这很重要，一定要让她知道才行。她的工作室在中间，一边是电影剪辑室，另一边是动画师埃里克和佩德共用的工作室。

马伊可工作室的门半掩着，我敲了敲门，但没有人回应。于是我推开门，一股亚麻籽油、松节油和木炭粉的呛人气味扑面而来。

"马伊可？"我喊了一声，依然没有人回复。房间中央的花架上搁着一幅刚开始创作的画，旁边的小桌子上杂七杂八地堆着几管颜料、插着干净画笔的罐子、盖着盖子的罐子（里面可能装了油或者松节油）、两块调色板，还有几块五彩斑斓的抹布。里面还有一个小房间，带有厨房和水槽，可以用来清洗画笔和调色板。我走进去看了看，里面也没有人。我感觉自己像个偷窥者，侵犯了马伊可的私人领地，事实上这一举动确实如此。所以我看了一眼确定她不在后，就赶紧出去了。

我去坐电梯的时候路过动画师的工作室，敲了敲门。

"请进！"我听见他在里面回答。

我打开门走了进去。画板和电脑桌中间挤着一张破旧的沙发，周围一片狼藉，写生簿、钢笔、粉笔在家具和地板上扔得到处都是。埃里克和瓦妮娅坐在沙发上喝咖啡，埃里克的手臂搂着瓦妮娅的肩。佩德似乎不在。

"你们看见马伊可了吗？"我问道。

"有一阵子没看见了。"埃里克回答，"她可能是去献血了。等她回来我跟她说一声？"

我表示不用了，晚上回到 H3 区肯定就能见到她。于是便离开坐上电梯去参加运动实验了。

我暂时把马伊可的事抛之脑后，在划船机上锻炼了四个小时。工作结束之后我回到了 H3 区的宿舍，早已筋疲力尽，手臂发抖。我发现马伊可房间的门半掩着，就像她工作室的门那样。门里传来两个人的声音，但都不是她。

我的腿也开始发抖，我拖着发软的双腿颤颤巍巍地走到门口，把门推开。

房间里面是迪克和亨丽埃塔。他们在马伊可的物品中间来回走动，若无其事地闲聊着。亨丽埃塔提着一个黑色垃圾袋，迪克拎着一个带轮子的大型金属箱——让我想起医院里用来运送死亡病人的轮床，不过这个箱子更短、更深。

迪克先发现了我站在门口。

"天哪！"他看着我，但还是继续对亨丽埃塔说："看来我们忘记锁门了。"

"天哪！"亨丽埃塔附和道。她放下手上的袋子，走到我身边拉着我的手臂。她侧着头，似乎是想说一些安慰的话。但我不想听，我挣开她的手，转身冲进自己的房间，砰地关上门，用力转动钥匙上了锁。（这只是一个象征性的动作，因为所有工作人员都有万能钥匙，可以打开任何住户的房门。）

我站在房间里，不知道该何去何从。我第一次如此厌恶监控摄像头的存在。吃饭、睡觉、看书、写作、看电视、打电话、刷牙、抠鼻子、挖耳朵、洗澡、大小便、换卫生棉条，在监控下做这些事情也就算了。可是我忍不住问自己，那些浑蛋为什么要盯着看呢？

这时，我的双腿再也无力支撑身体。我无助地瘫坐在地上，背靠着门一动不动地坐着。我终于不可抑制地号啕大哭起来，像一只垂死挣扎的野兽。

六

在大姐西芙快要五十岁的时候，我给她打过一个电话，想问问是否需要我过去为她庆祝。结果，我只听到了一句自动回复："您拨打的号码是空号。"我试着给她发电子邮件，也被退信了，提示说邮箱地址不存在。我又联系了其他的兄弟姐妹，他们也说好几年没有收到西芙的消息了，不清楚是什么情况。最后我给她寄了一封信，结果带着"退回寄信人"的标记被退了回来，信封上她的名字和地址也被划去了。我带着这封退信开车前往马尔默，找到了她在科内特街的公寓，但门上挂的是别人的名字。我按了门铃，一个年轻的男生回应道："没有，这里没有叫西芙·韦格的人。我们已经在这里住了两年多了。"

他肯定在骗我！或者说……我很不解。我明明记得就在一年前，西芙四十九岁生日的那天，我们还在这间公寓里见过面。之前我们尽力保持每年至少见面两次，彼此生日的时候各一次，另外圣诞节或新年的时候也偶尔会见面。不过生日聚会有时候会推迟或者取消，因为我们腾不出时间长途跋涉，或者就是负担不起费用。虽然有些许不情愿，但我不得不承认，可能是我的记忆跟我开了个玩笑，把之前几年的事情弄混了。人到中年，这样的情况时有发生。最近我的思绪确实有一点儿混乱，对一些事情的先后顺序、间隔时长都有点儿弄不清。过去的时光在一定程度上失去了线性结构，记忆也陷入了混乱。时间线被打乱，我的过往经历和人生节点被肆意排列组合。最终我得出结论，上次来到西芙的公寓，是两年多之前的事了。

当然我没有就此放弃，不辞而别实在不像她的作风。我怀疑她是被机构带走了，但我还是向警察报案说她失踪了——因为我也不太确定，她确实没有孩子，但极有可能在事业上一举成名，也很有可能找到了一个爱她的固定伴侣，甚至两者兼得。我们平时不怎么过问彼此的感情生活，西芙也不会主动谈起这种话题。所以她很可能是有伴侣的，只是我不知道而已。比如，她遇到了一个外地人，两人一起搬走了，只是忘记了告诉我。或者是遇到了可怕的事故：她和伴侣搬到其他地方，还没来得及告诉我，就卷入了一场致命的事故或者暴力犯罪事件。

她可能被掩埋在某个森林或沼泽里，或是被扔进了海里，又或者被肢解冻在某个人的冰箱里。又或者她去爬山了，在没有目击者的情况下坠落，掉在一个人迹罕至的地方。这些情况都是有概率发生的，所以我才报了警。

然而，警方的调查毫无结果。至少每次我打电话询问进展的时候，他们都是这么告诉我的："我们正在全力追查你姐姐的下落。但很不幸的是，目前为止我们还没有取得有效的线索。"

有时候我去马尔默办事，遇见西芙的老朋友，就会借机问问他们是否有收到她的音讯，或者是得知什么消息。他们总是这样回答我："没有，我已经很久没有跟西芙联系过了。但你知道她这个人，可能在公寓贴个公告，变卖所有家当就去长途旅行了。你等着看吧。她可能会出现在某个道场（ashram）[①]里念咒，或者坐着木筏之类的东西在好望角漂流。我敢肯定，说不定哪天她就会像玩偶匣里的玩偶一样，突然就蹦出来了。"

他们也会这么说："噢，你知道的，我和西旺[②]很少联系，更不知道她最近在忙什么。"

从那之后，大概过了一年，我终于接受了事实：西芙永远地离开了，不会再回来了。但我始终觉得她的某个朋友肯定知道真实情况，只是没说出来而已。

她一定提前跟某个人说过自己即将沦为无效用人，对方承诺了会对此守口如瓶，不告诉我和其他任何人。我非常愿意这样相信，相信西芙有如此亲密的挚友能够倾吐心声，而不只是有几个"不太联系"的点头之交。

---

① 印度教徒的静修处。

② 这个人把西芙的名字记错了。

七

　　"生命的意义是什么？"我的心理医生阿诺德这样问我。

　　在马伊可最后捐献结束的一周里，我已经第三次坐在他办公室的扶手椅上了。第一次来的时候是急诊。那天我回到房间，把自己锁了起来，背靠着门瘫倒在地上。亨丽埃塔跟在我后面，站在门外听我的动静，大概是觉得有人坐在控制塔（随便他们坐在哪里）里监视监听还不够保险。很显然，有人通过手机或者其他通信装置在跟她联系，因为我听到她在小声地跟人对话。

　　她说着："是的。""好的，迪克在这里。""准备好了，好的。""你说吧。"不一会儿她就打开了我的门锁，小心翼翼地拉开了门。

　　门是向外开的，我漠然地顺着门向后缓缓倒下。迪克也过来帮忙，他们几乎是架着我把我带到了阿诺德那里的。我跟阿诺德完全不熟，之前只见过两次，对话内容只停留在我情感生活的表层，并没有聊到特别深刻晦涩的话题。而此时此刻，我瘫倒在他的扶手椅上，毫无防备，束手无策。我心底压抑着的恐惧、愤怒、悲伤都浮出了水面，漂浮在那里等着他。而他所要做的，就是尽情享用。至少从我的视角看是这样的，他会伸出粗大的"心理医生舌头",肆意舔舔我的情绪。他成功地引导我谈论死亡,谈论那些已经死去或者消失的人,比如马伊可,比如西芙,还有我的父母和其他已经永远离开的人。

不过后来我确实感觉好一些了,而且并没有觉得他从我身上夺走了什么东西,反而是给予了我陪伴。我不太确定实际上是不是这么回事,但确实是这么感觉的。

而这一天,在马伊可最后捐赠的一周后,他提出我们应该聊聊生命。

"生命的意义?"我说道,"这个问题很难说。我觉得我答不上来。"

"你试试看。"阿诺德说。

"你是指我的生命吗?我的生命有什么意义?还是指广义上的生命?"

"你可以根据自己的理解来回答。"

如果在外面的社会上,这句话会让我立刻启动防御模式。经验告诉我,每当医生、心理医生、老板、老师、警察或者记者说你可以自己回答,那你大概率是在接受某种测试,这种测试会根据不同的作答方式将你进行归类。

但是在这里,我觉得如何回答问题并不重要,毕竟大家都已经沦为了无效用人。不管我做出什么样的回答,都只能属于这一种类型。所以我不需要费尽心机地思考，可以放下心来畅所欲言。我可以像平时写作那样，放任自己天马行空地胡言乱语。

"我以前觉得生命是属于自己的，"我漫不经心地说着，"完全由我自己主宰，其他人没有权力来指手画脚。但后来我的想法变了，发现生命根本不属于我，而是由别人所支配。"

"别人是谁？"阿诺德问道。

我耸了耸肩："可能是那些有权有势的人吧。"

"他们是谁呢？"

"当然是我们的统治者。"

"我们的统治者是谁？"

"好吧。"我说道，"这谁知道呢？国家、工业，或者资本，也有可能是大众媒体。或者这四个都算。或许工业和资本其实是一回事呢？反正就是那些维护经济增长、民主政治和社会福利的人，我的生命是属于他们的。他们拥有所有人的生命，而生命就是资本。他们把这种资本公平地分配给大家，以此来促进再生产、经济增长、社会福利和民主政治的发展。而我只是一个管家，负责照顾自己的五脏六腑。"

"但这是你自己的想法吗，多丽特？"

"当然了。可能也不完全是，但我正在按这个思路思考。"

"为什么？"

"当然是为了撑下去。我活着就是为了这份资本，现实就是如此，对吧？面对这样的现实，我能做的就是尽力去喜欢上这种状态，尽力去相信这是有意义的。否则我为此献出生命又有什么意义呢？"

"为了你所谓的'资本'有意义地献出生命，这对你来说很重要吗？"

"是的。"

"为什么？"

"如果不这样的话，我会感到很无力。实际上我确实是很无力。但只要感知不到，我就还能撑得下去。我都已经来这儿了，不是吗？我在这里生活，并且将在这里死去。我活过，我死去，国内生产总值就能增长。如果不把这当作一件很有意义的事，那我在这里的日子就会变得不堪忍受。"

"你想要过一种可以忍受的日子吗？"

"所有人都想吧？"我反问道。

阿诺德没有回答。他的沉默激怒了我，我狠狠地说道："可能这就是生命的意义所在。可能这就是我对你提问的回答：生命的意义就在于它应该是可以忍受的。这个答案你满意吗？"

"你生气了。"他开口了，我分不出他这是一句提问还是陈述。

"当然！怒不可遏！"我说，"难道你不会吗？"

"会的。"他说，"我可能也会生气。"

他没有再继续说，也没有再问关于生命意义的问题。所以我也没有再说什么，我们沉默地坐了很久，可能有整整一分钟。我还是很生气，愤怒的泪水在眼眶里打转。我感觉嗓子里像打了个结，堵在那里火辣辣地抽搐着，但我没有哭。这种状态就是我以前所说的"隐忍地愤怒"。更重要的是，我为自己感到无比难过。

到最后阿诺德开口了："你知道是谁接受了马伊可的胰腺吗？"

我清了清嗓子，才开口说道："不知道。可能也算知道，是一个有四个孩子的护士。"

阿诺德歪着身子，从扶手椅旁边的小桌子上拿起一个文件夹，从里面拿出了一张照片。他正要把照片递给我，却突然停住了手："当然，因为马伊可而重获新生的人不只这一个。她的心脏应该也已经捐给了别人，还有她的肺，她的一个肾——我记得她应该只剩一个肾了，还有她的肝脏也是。其他很多部位也都会被摘除，储备在我们的器官和组织库里。光是一具脑死亡的尸体就可以挽救八个人的生命。而像这种精心筹备的移植手术，是从血型以及各方面都匹配的特定捐赠者身上，把胰腺之类的特定器官移植给特定的受赠者。其他器官和组织的切除移植，应该算是额外收获了。这位……"他又往前倾了倾身子，把照片递给了我，"就是马伊可胰腺的特定受赠者。"

他又靠回了椅子上。

我手上的照片里是一个女人和四个学龄前的孩子，其中一对是双胞胎。这个女人看起来苍老又疲惫，脸上肿得厉害，毫无血色。

"她一个人带孩子，"阿诺德解释道，"她的伴侣，也就是孩子的父亲，在两年前死于一场事故。她没有兄弟姐妹，年迈的老母亲患有痴呆症，需要贴身照顾。这张照片是最近拍的，老大快六岁了，双胞胎刚四岁。他们父亲去世的时候，最小的孩子都还没有出生。这位女士自己患有 1 型糖尿病，真的是造化弄人。我不太懂具体的医学，但我知道胰腺有两个功能，你可能也知道。它既可以生成普通的胰岛素，还可以生成另一种帮助消化食物的液体。

"这个病人本身胰岛素分泌就有问题，前不久胰腺的次要功能也罢工了，导致她的消化系统也无法正常运作。她无法饮食喝水，只能挂营养液维持生命。你没有孩子，可能体会不到她的处境。一个人拉扯四个孩子，还要为年迈的母亲操心，自己又被医务人员盯着，拖着输液架给自己打针、喂药。"

我完全能够想象出这一切，而且很乐意跟她交换一下身份，让我成为这个病恹恹、疲惫不堪、未老先衰的丑女人。我很想念我的母亲，只要她能在我身边慢慢老去，只要她还活着，哪怕痴呆和无法自理我也愿意。我可以很快乐地生活，哪怕是要拖着静脉输液架操心四个小孩，哪怕是要受尽病痛的折磨。但这至少也是一种生活。哪怕那样的生活是地狱，我也愿意过活。

这时阿诺德接着说道："最重要的一点是，如果不做移植手术，她就活不了多久。短则几个月，最多也就一年。但现在，她有机会看着孩子们长大成人了。她可能撑不到有孙辈的年纪，但有足够的时间去履行母亲的责任。而这一切，都要归功于一位无牵无挂的人捐出了自己的胰腺。"

我没有说话，只是默默地看着照片。老大六岁，戴着眼镜，冲着镜头咧嘴大笑，一脸的天真无邪，笑容间露出了乳牙脱落的空隙。双胞胎看上去要严肃一点儿，分别站在老大的两边，但头还是冲彼此的方向歪着，似乎有一种无形的吸引力。

小的那个坐在妈妈的腿上，一只胖乎乎的小手在空中挥舞，可能是在对着镜头打招呼，但眼神却是向上望着妈妈的脸，神情安逸，充满信任。女人对着镜头扯出一个疲惫的微笑，头向一侧微微偏倒。

我盯着照片看了许久，老大身上有些东西特别打动我。我猜她应该是个女孩子，她大大方方的笑容，镜片后面的眼神，都流露出一种自信，一种总会好起来的坚毅，一种那个年纪特有的精神力量。至少这种力量在我们五岁、六岁、七岁的时候到达巅峰，然后便一点一点被摧毁，到最后只剩下残存的碎片。

阿诺德清了清嗓子说道："你看这张照片的时候，在想什么？"

"老大是个女孩儿吗？"

他看了看我，打开文件夹翻阅里面的文件，然后抬起头："是的，"他说，"是女孩。"然后他沉默了一会儿，似乎有些犹豫，但还是问了一句："为什么问这个？"

"我本来想要一个女孩儿的。"我回答道，声音不由自主地变轻了，我甚至不确定阿诺德有没有听见。

他没有回应，也没有让我重复一次。

咨询时间结束了。最后我看了一眼这个六岁的女孩儿，把照片还给阿诺德，起身向门口走去。我的手按在门把手上，又转身问了一句："马伊可看过那张照片吗？"

"当然看过。"

"她，受赠者，那个女人知道马伊可的情况吗？"

"她不知道。"

"为什么不告诉她？"

阿诺德摊了摊手："这是规矩。那样是不道德的。"

我点了点头："确实。"我向他道谢之后便起身告辞，按下门把手推门离开了。

八

马伊可的展览还在进行。我每天都会去画廊，在她的画作前面久久地伫立。我常常沿着黑暗的走廊，走入那个神圣的洞穴房间，看着水滴一点点把岩石凿空。这已经变成了一种仪式，像是扫墓一样，让我可以缅怀马伊可。

展览终于结束，所有的画作都被摘了下来。我找到画廊的负责人，问他能不能把那幅畸形胎儿的小画给我。他欣然应允，只说需要办理一些手续，有一些文件要由他、佩特拉·伦海德还有我共同签名。几天之后我就从画廊的办公室拿到了这幅画。我把它带回了房间，挂在书桌上方的墙上。

那个胎儿瞪着盲眼，冲我轻蔑地咧着嘴笑，也可能是在痛苦抽搐，或者两者兼有。"生存还是毁灭……"

接着我从塑料文件夹里拿出了那几页手稿。从马伊可最后捐赠的那天起，它们就一直被翻过来夹在那里。我打开电脑，坐在新换的高档椅子上，后腰、肩膀和手臂都能舒舒服服地倚靠着了。我把那个生下畸形孩子的女人的短篇故事写完了。最后的结局是孩子在出生三天后就去世了，而女人的生活回归了正常。没有任何遗留的麻烦，也没有任何的"如果"，只不过这个女人作为有效用人的日子只剩下大约五年的时间。

到了三月中旬，这里又新来了六个无效用人。照例又举行了一场迎新派对，有晚宴、表演和舞会。我交到了几个新朋友，有的是刚来的，也有的是老住户。我和那些老朋友的关系也更亲密了。自我二十多岁以来，还是第一次拥有这么多的朋友，建立这么广的社交圈。

大部分的时间我都是和埃尔莎待在一起。我们一起回忆童年时光，一起没完没了地聊八卦，讲老同学和老师，或是我们成长社区里的人。

我和爱丽丝也变得很亲近。她是一个随和风趣的人，但并不肤浅。她的相貌和声音越来越像男人，看上去是一个手脚纤细、丰乳肥臀的矮个子男人，脸型倒是变得越来越棱角分明，笑声也逐渐低沉洪亮，还长出了灰色的胡茬（她有时候懒得刮胡子）。但爱丽丝似乎欣然接受了这样的变化。"变成雌雄同体总比变成尸体好！"每当有人向她表示遗憾，或者满怀同情地关心她，她便总是这么回答。我觉得这就是爱丽丝的真实想法：宁愿不男不女地活着，也不想不情不愿地死去。

每天早上我都会集中花五个小时来写作，然后去特勒斯吃午餐。吃完之后会放松一两个小时，去游泳或者蒸桑拿，有时候跟埃尔莎一起，有时候跟爱丽丝一起，有时候或者跟她们俩或者其他人一起。我也会去温室花园散步，或躺在草坪上仰望天空和云彩，或坐在长椅上看书，又或是静静享受郁郁葱葱和花香鸟语的环境。我每周会去见一次阿诺德或按摩师，再时不时地为自己修个脚、按个摩、做个美甲。我还会定期去美发沙龙修剪头发和染发。我给自己买了一些新衣服：昂贵的丝绸衬衫、亚麻裤子，各式各款的夹克，还买了奢侈的意大利鞋和一些珠宝首饰。

每天下午两点我会去参加科学健身和力量训练测试。训练内容完全安全，只不过最后我患上了骨膜炎，还缺乏维生素和矿物质（这是他们要观测的数据之一）。我经常感觉头晕、筋疲力尽、肌肉酸痛、浑身无力，必须吃饱睡足才能坚持下去。但我完全没有抱怨，相反非常感激这份疲劳。因为只要我还在参加这项特殊测试，就可以避免参与手术和捐赠，甚至都不用去献血或血浆。我开始爱上这种筋疲力尽的感觉，它像我忠实的挚友，甚至像一位守护天使。在我来到这里的头两个月里，我认识的大部分人都至少捐出了部分器官或者组织：动画师埃里克捐出了一部分肝脏；爱丽丝捐出了一只眼睛的角膜，还有生产干细胞用的卵子（很矛盾的是，她的卵巢居然还能用）；埃尔莎捐出了卵子和皮肤；莉娜捐出了一个肾；约翰内斯捐出了一小段小肠——之前几乎还没有人捐过。而瓦妮娅捐出了心脏和肺，当然，她没有再回来。她的伴侣埃里克为此感到悲痛欲绝。

我们在储备银行的日常生活，就是围绕着科学人道实验进行的。事实上，这就是我们的主要价值所在。他们尽力让我们保持鲜活的状态，有些人身体非常健康，一直生活了六七年才被带去做最后捐赠。无效用人就是一种储备资源。当有效用人患上重病，首先会尝试用自己的干细胞培育器官；如果行不通，就会用事故导致脑死亡的年轻人的器官，但需要排队候补。他们轻易不会用无效用人的器官，除非患者病情严重，实在没有其他的方法和器官可以用，或者确有燃眉之急。总体上来看，这个地方——被埃尔莎怒称为"一整个'猪猡'的散养农场"——比我最初设想的要人道得多。

九

时间又到了一个新的月份，现在是四月了。在这个星期六的早晨，又有九位无效用人要加入我们。我听说其中一个会住进马伊可的房间。我穿着睡衣和睡袍坐在休息室的沙发上，一边看书一边喝咖啡。这时，那个人在迪克和亨丽埃塔的陪同下走了进来。

她身材高挑，四肢纤细，一举一动充满了女人味。她的皮肤苍白，一头齐肩秀发乌黑闪亮，嘴唇红得离谱，一双大眼睛四下打量着。亨丽埃塔拎着她的两个行李箱，迪克帮她拿着厚重的冬衣。大概是今年外面的四月异常寒冷，要不就是她特别怕冷。也有可能是这件外套对她而言有特别的意义。

在这里是不需要穿冬衣的，她肯定早就知道，我们收到的资料袋里就特别强调过这个优点。两个月前我来这里的时候，穿了一件双排扣大衣和厚重的冬靴，一直就收在衣柜最顶上，到现在才想起来。

迪克看到我，介绍我们认识，说她的名字叫薇薇。我站起身，紧了紧睡袍的腰带，走过去和她握了个手。她的手很凉，还有一点儿黏腻。我抬头看到她一脸惊恐的样子，说道："如果你有什么不清楚的，或者想要找人说说话，又或者只是不想一个人待着，尽管来找我。接下来的几个小时我不是坐在这个沙发上，就是待在房间里。我的房间门上就写着多丽特·韦格。不要犹豫，不用担心你会打扰到我，一点儿都不会。"

"好的。"她喃喃地回应道。接着就和迪克、亨丽埃塔继续往前走，穿过休息室，经过洗衣房和厨房，最终消失在走廊里。

这天晚上我们参加了迎新派对，我和薇薇、埃里克、爱丽丝坐在一起，这个搭配简直妙不可言。薇薇一脸紧张，局促不安；爱丽丝一只眼睛浑浊失明，声音低沉，长着胡子茬，大笑的时候喉结跟着上下抖动。不仅如此，再加上埃里克，失去瓦妮娅之后抑郁至极，变得沉默寡言，也不怎么吃东西，就呆坐在那里，偶尔结结巴巴地说上两句，要不就是一声不吭地戳着盘子里的食物。幸好爱丽丝还是一如既往的情绪高涨，浑身散发出热情和自信，这让薇薇逐渐放松了一些。

晚宴和表演结束之后，我带薇薇来到吧台，尝了插着小纸伞、五颜六色的饮料，还吃了水果和甜品。

调酒师是上个月新来的，正在展示他的手艺。我点了一杯香蕉和酸橙调制的饮料，名字叫"蕉绿"。一杯黄绿色的软饮，被装在鸡尾酒杯里端了上来，上面插着黄绿条纹的小纸伞，杯壁上还放了一片酸橙。这杯饮料甜腻又酸涩，相互中和，味道很棒。薇薇点了一杯"摇滚覆盆子"，是用鲜榨橙汁和覆盆子汁调制的，里面还加了冷冻覆盆子。上面插着红蓝橙相间的小纸伞，玻璃杯边缘还抹了一圈蓝色的糖霜。

"是食用色素吗？"我猜测道，但薇薇用舌尖舔了舔糖霜之后摇了摇头。

"是蓝莓。"她说。

她没有再说话，只是默默地小口喝着饮料，覆盆子不断碰击她的嘴唇。我也不知道该说些什么，只是冲她笑了笑，伸手抚平裙子上微不可见的褶皱。这是我来这里之后第一次穿上这条裙子。它衬得我优雅性感，但我还是有点儿不自信。于是我们两个站在那里：薇薇有些害羞，也可能是害怕，或者两者都有；我自告奋勇充当她的后援，但又对自己的能力和装扮满怀不安。就在这时，一番热舞之后满头大汗的埃尔莎出现了，大呼道："哇，好棒的饮料！要是里面有酒精，那今夜就完美了！"

"可惜没有。"薇薇回道，像是被逗乐了，我第一次看到了她的笑容。

我介绍她和埃尔莎认识，她们握了握手，立刻聊了起来，似乎很是投缘。我如释重负地松了一口气。埃尔莎点了一杯"暗夜"。这杯饮料果真是黑色的，装在高高瘦瘦的玻璃杯里，插了一根黑红条纹的吸管，杯底还有红色的东西，可能是一颗糖。埃尔莎把杯子倾斜着咬住吸管，小心翼翼地喝了一口。我和薇薇站在两边等着看她的反应。她吐出吸管，咽了下去，若有所思地品了一下。

"还不错，"她说道，"怪怪的，但很好喝，值得推荐。"

薇薇把喝了一半的橙子覆盆子饮料放到一边，又点了一杯暗夜。我也正打算要点一杯，这时约翰内斯穿过人群挤到了我们旁边。他向埃尔莎和薇薇礼貌地点头致意，然后转身握住了我的手说道："多丽特，你今晚看起来格外可爱。"说到这里他弯下腰，亲吻了一下我的手。

"我可以有幸与你共舞一曲吗？"他问道。

我接受了他的邀请，我们默默地一起步入舞池。

这是一首摇滚抒情曲，乐队的歌手嗓音沙哑地吟唱着。约翰内斯领着我，我跟着他的脚步，裙子的下摆轻抚着我的小腿。他搂着我的腰，我一只手搭在他的肩上，另一只手搭在他的手上。我们的手碰触在一起结合成一个支点，像船头一样，他是左舷，我是右舷。当我闭上眼睛时，他就化作了尼尔斯。

十

我们一起离开了派对现场，在温室花园徜徉。我很喜欢在傍晚或深夜时分，在这里消磨时光。这时候一切都陷入寂静，人造露珠在绿叶上闪光，各种香气在空气中氤氲。我喜欢在这样的静谧和芬芳中回忆马伊可。

约翰内斯搂着我的肩膀，我们走到了有喷泉和大理石长椅的小庭院，他说："我们坐一会儿吧？"

我们坐了下来，大理石有些湿凉。透过棕榈树的枝叶间隙，我们仰望着玻璃穹顶外的夜空。今夜繁星点点。

"那里是小熊星座和北极星。"约翰内斯说道。

"哪里？"我一直都不太会看星座，只能勉强分辨出北斗七星。

约翰内斯给我指了指，说小熊星座就是缩小版的北斗七星，我这才透过两片棕榈叶中的间隙找到了它。

"前面最大的那颗就是北极星，特别亮特别闪，而且始终位于我们的北方。"他继续说着，教我如何简单地找到北极星：它在北斗七星勺底那两颗星星连线的延长线上。

"这怎么可能呢？"我问道，"它怎么可能始终在同一个方向？我们一直在旋转啊。"

"没错……"约翰内斯似乎也不太确定，迟疑了一下才接着说，"但我们是绕着自己的轴在旋转的，所以北方永远都是在北方。不过在这种情况下，原理并不重要，重要的是记住这个事实。只要能在有星星的夜里认出北极星，你就永远不会迷失方向。"

我没有笑。如果在平常我会放声大笑，因为我很确信，我们这辈子都不太可能会迷路。可此刻约翰内斯的语气如此真挚，让我觉得他是真的在给我传授实用的知识，值得牢记。所以我没有笑，只是若有所思地点了点头。然后我们就默默地在棕榈丛中坐着，感觉自己仿佛穿越到一个温暖静谧的夏夜，我们依然年少。我的思绪四处飘荡，从恍若年少到北极星，到马伊可，到西芙，再到我的家人；又从我的家人想到我正在写的小说——讲的是一个家庭的故事，和我出生成长的环境很像；我又想到了最近自己一直在思考的事情。想到这里我打破了沉默，问约翰内斯："如果我们在这里写一些思想错误或者禁忌的内容，你觉得会怎么样？会被销毁吗？"

"不会的，"他很肯定地回答我，"所有的东西都会被存档。"

"你怎么这么肯定？"

"一方面，是因为我们生活在民主社会，而言论自由是民主的一大根基。如果没有言论自由，民主社会就会崩塌。仅仅因为内容有悖于社会常理和价值观，就把文学和艺术作品销毁，这是不太可能发生的。哪怕有的内容和社会主体理念背道而驰，也还是会被保留下来，可能会藏在斯德哥尔摩皇家图书馆的某个地下保险库里。另一方面，因为人类是收藏家，是记录文献的狂热爱好者，总有种要把一切都传承给子孙后代的冲动。生命和存在其本身是没有价值的。我们什么都不是，那些有效用人其实也什么都不是。唯一真正有价值的，是我们创造出来的东西。或者更准确地说，是我们能有所创造这件事。至于创造出来的是什么东西，那并不重要，只要它可以用来出售或保存就行。当然最好是能一举两得。"

这番话听上去颇有说服力。但我不敢完全肯定他说的是对的，也不敢完全相信那些艺术作品没有被销毁。但或许，我们只能相信它们没有被销毁，相信人类的所有创造都留存在了某处，我们只能这样活下去。

我们又坐了一会儿，空气开始变得有些湿冷。于是我们起身离开花园，步入中庭步道的灯光下。约翰内斯陪我一起走到了 H 电梯。

"明天晚上你愿意和我一起吃晚饭吗？"他问道。

我答应了，他轻轻吻了我的脸颊，我们互道了晚安。

那天晚上我梦到了约克，梦到我们一起走在沙滩上。那是一个秋风吹拂的日子，云朵像毛茸茸的船只一样在天空中航行。太阳从云层里向我们伸出金色的臂膀，那么绚烂，那么耀眼，那么温暖。然后突然隐匿在一艘疾驰的云船后面，接着又闪现而出。它用温暖的手轻触我的头，接着又消失了。我们沿着海滩奔跑，大海在咆哮嘶吼。我停了下来，寒风用冰冷的牙齿啃咬我的脸颊，撕扯我的头发。约克在我身边蹦跳与吠叫，抬起头用褐色的眼睛望着我。它很开心，玩得很起劲。我弯下腰从沙滩上捡起一根棍子，远远地扔了出去，大喊一声："去捡回来！"约克一边叫着一边冲过去，把棍子捡回来放在我的脚边，然后抬头看我。它喘着粗气哼唧着，竖着耳朵不停地摇尾巴。我拍了拍它："乖宝宝，约克。"我说着，"好样的。"我捡起棍子又扔了出去。约克追过去，爪子翻起一阵阵沙，耳朵在风中翻飞。它把棍子捡回来，又放在我的脚边。我拍拍它，再次夸奖了它。我们就这样一次又一次重复同样的游戏，时间过去了几个小时。大海在咆哮，云朵飘浮而过，太阳渐渐向西南地平线沉去，把白云染成了粉色，把天空染成了橙色。这个梦就是如此，只有约克、我、棍子、沙滩、大海、天空，还有流逝的时间，别无其他。而这，就是幸福。

十一

约翰内斯用藏红花和奶油酱汁做了鱼，还搭配了土豆泥。我一走出电梯就闻到了扑面而来的香味。我循着味道穿过门，来到了 F2 区，顺着走廊走到他的房间门口，门牌上写着约翰内斯·阿尔比。

我敲了敲门。约翰内斯打开了门，腰上系着围裙，手里拿着木头铲子。他吻了吻我的脸颊说："欢迎光临，你看起来真动人！晚餐马上就好了，你先坐，我收个尾。"

我在桌子旁边坐下，桌上已经摆好了双人餐具：蓝色的石制盘子、高脚玻璃杯，盘子边的蓝色餐巾纸折成了三角形，两支黄铜烛台上插着蜡烛，旁边还有一盒火柴。

烛台旁边点缀着一块灰粉色的石头，差不多有中号手机那么大，里面包裹着一块白色的锥形化石。约翰内斯拿着铲子进了厨房，我只能听到一片叮叮当当，还有他吹口哨哼歌的声音。我拿起火柴把蜡烛点上，约翰内斯走了出来，拿着两张餐垫和一瓶像白葡萄酒的东西。后来尝了才发现，原来那是葡萄汁。他笑着说："万事俱备。"他把餐垫和饮料瓶放在桌上之后又走开了，再回来的时候拿了一个大煎锅、一个炖锅和两个长柄勺。

他关掉了头顶上的灯，在我对面坐了下来。

我们两个人伴着烛光，相视而坐。菜的味道很好，我称赞了他的手艺。吃饭的时候我们都没怎么说话，只是时不时地看看对方。不知道为什么，我感觉莫名有些害羞，他可能也是如此。快吃完的时候我发现他在看着我，让我感觉很不好意思。于是我低头盯着桌子，又看看那块灰粉色的石头和化石。

"这个是从哪里找来的？"我问道。

"是在一个海滩上，在南海岸。确切的位置是在莫斯比和阿伯科斯的交界处。"

我放下了刀叉，抬头看着他："什么时候？"

"什么时候？呃……我想想……大概是我来这里的前两年。差不多就是五年之前了。怎么了？"

"因为那里是我的海滩！"我惊呼道，"好吧，我的意思是……我以前经常去那里……和我的狗一起。每周至少要去两三次。你去那里做什么？我们说不定碰到过。"

他凝视着我。

"是啊，"他说，"我们可能真的碰到过。"

接着他跟我分享了发现这块石头的故事，以及为什么一直留着它："那是一个秋日，我正在写一本小说——可能是我的最后一本小说。我遇到了创作瓶颈，几乎要推翻重写了。我为了厘清头绪，免得冲动行事，就向朋友借了一辆车，到南海岸兜了一圈。那里的大海要比厄勒海峡附近的开阔。我一直很想去这样开阔的海边，沿着海岸走很长很长的路。所以我在那里的海滩边漫步，走了好几个小时，从阿伯科斯港口走到莫斯比斯特兰，再走回来，来回好几趟。那时已经是深秋了，黄昏来得很早，染出一片铁青色。在秋天的海边，阴天的黄昏总是这个颜色。总之，我蹚着沙子走着，天色慢慢暗了下来，海浪带上来一些石头、贝壳、浮木和垃圾。就在那时，我看到了这块石头。它就躺在水边，里面的化石在黄昏的光晕下呈现出粉白色。"

约翰内斯沉默了。我摊开手掌放在桌子上，石头还躺在我的手心里。他伸出一根手指放在石头上，用指尖轻抚，继续说道："它就躺在水边，好像在冲我闪光。于是我停下脚步蹲了下来，碰到石头的那一瞬间，我豁然开朗，思路全开，面前仿佛开辟了一道峡谷，透过不断扩大的裂缝。在那里，我看到了小说的脉络，清晰可见。我把石头装进口袋，开着车回家，没几天就把小说写完了。从那以后就再也不想和这块石头分开了。"

吃完了晚餐，我走过去坐在了扶手椅上，约翰内斯坐在沙发上，我们一起喝着茶。

"跟我说说你的狗吧。"约翰内斯说道。

我迟疑了一下。一想到约克，我就感觉眼泪沉甸甸的，压得嗓子发紧。他一定也看出来了，所以轻轻地又加了一句："当然，你不想说就算了，多丽特。"

但我还是想说的，所以告诉了他。我跟他说了约克，说了我对它的爱意。我跟约翰内斯谈论人与狗之间的爱，甚至说到了狗也爱我，但他似乎一点儿都没有觉得可笑。他以理解和尊重的态度倾听着，于是我就打开话匣子继续说，提到了我的房子、我的花园，还有一些关于尼尔斯的事。

然后约翰内斯也告诉我，当他像我这个年纪的时候，曾经爱过一个女人。他们在一起过着幸福的生活。可是她一怀上他的孩子，就离开了。

"有一天晚上，她说我们就要有一个宝宝了。我很开心，我要当爸爸了，我感觉很自豪。可是几天之后，我慢跑完回到家，发现玄关里她的鞋子和外套都不见了。她的衣橱也空了，浴室里的置物架、她的书、她的照片、她的笔记本电脑，她的所有东西都不见了。从那以后我心如死灰，我没有能力再去爱人，甚至没办法再与女人发生关系，也没法和任何人亲近。时间就这样过去，一晃我就六十岁了，如今沦落到了这里，在这座玻璃山上。或者说是这座玻璃山里。"

"那现在怎么样了？"我问他。

"你指什么？"他问道。但从他的眼神和柔软的嘴唇里看得出来，他明白我的意思。

"现在可以了吗？"我说。

"可以什么？"他说着，表情中带着一些戏谑。

这让我好不尴尬。

"啊，你懂的……"我嘀咕道。

我的脸颊火辣辣的，我知道自己肯定脸红了。我躲开了视线。

我们沉默了一阵，然后他开口说道："多丽特，你来这边坐。"

他声音很柔和，没有丝毫挑衅的意味。但又是如此坚决，能听出明确的欲望。这声音击中了我的内心，让我一阵战栗。曾经的尼尔斯也是这样，话语间的欲望清晰可见。当他用温柔又坚定的声音说出一个朴素的愿望，也总能让我为之震颤。

我一直有种固执的冲动——比冲动更强烈——我很容易被这样的人打动。他们知道自己想要什么，不需要声嘶力竭，不需要夸大其词，就能表达出自己的欲望。他们的语气听上去有种一切自在掌握的坚定。我坐在约翰内斯的扶手椅里，整个人颤抖着，像一颗刚刚被切下来的心脏，即将被植入另一个身体里。我能感觉到从身体传来的脉动，这股战栗在我的大腿里蔓延开。我像发了烧一样，脸颊发烫，眼睛炽热有神。但我什么也没说，什么也没做。我陷在扶手椅里，任凭着这一切的发生。

"我想要你过来，坐到我旁边的沙发上来。"约翰内斯又用他那温柔而坚定的声音说道。我没有看他，但能感觉到他在盯着我，脸上每一处都能感受到他的视线追随。

"我想要你现在就过来。"他又说了一次。

"为什么？"我哑着嗓子问道。

"你知道答案。"他说，"过来。"

我试着活动手脚，想把自己从扶手椅里拖出来，迈出两三步走到沙发边去。但我已经变成了一个束手无措的傻瓜，失去了自己的意识——不对，并非如此，我有自己的意识，我想要动起来，我想走过去。但我无法控制自己的四肢，更无法让自己动起来。我放弃了。

"我觉得你得过来接我一下才行了。"我轻声说道。

于是他过来了。他一言不发地从沙发上站起来，走到扶手椅旁，抱着我把我带到了沙发上。而我什么也没做，只能无力地瘫在他的怀里，任由自己被放在垫子上。他吻了我，我没有反抗，只是回吻了他。他解开我的衬衫和裤子纽扣，一件件脱下我的衣物，我唯命是从。他掌控了我，像一个大男子主义者和女性压迫者，像一个穴居人、一个尼安德特人、一个有爬行类大脑的雄性动物掌控女性那样。而我什么都没做，完全没有，任由自己被掌控。而这种感觉……不，根本无法言喻。

十二

我没想到在储备银行里还能和异性发生关系，我以为没人有这种心思或能力。一方面是因为焦虑和压力，另一方面是因为监控，让所有的私人生活都失去了意义。不过我倒是没有觉得缺乏私生活。我们的一举一动，无时无刻不暴露在监控下，但到了这个地步，我反而不把它当回事了。我从来没有刻意忽略或者忘记摄像头的存在，它们只是自然而然地成了我生活的一部分。就像古时候那样，当时宗教在人们的生活里占据显著的地位，人们相信上帝时刻注视着他们，他们的所见所闻、所思所想都逃不过上帝的法眼，没有一件事能够向他隐瞒。

所以我们发生了关系。我和约翰内斯，我们毫无顾忌、堂而皇之地做了想做的事。吃完藏红花鱼的那个晚上，我们几乎翻云覆雨了一整夜。然后是下一个夜晚，下一个，再下一个，无数个夜晚。我们顺理成章地走到一起，变成了一对恩爱的伴侣。我们用传统的方式进行，彼此间没有一丝尴尬。他是引诱者，是积极主动的一方。他向我索取，而我任由自己被动地接受。我好像再一次和尼尔斯发生了关系，只不过感觉更棒、更自在。因为我和约翰内斯过着闭塞的生活，远离世俗，所以无须因为他人他事而感到羞耻。

我们也不用一次次面对分离，因为约翰内斯不用回家去找他的伴侣，我就是他的伴侣。虽然这里不允许我们住在一起，但我们可以随心所欲地在一起过夜。我不再是"别的女人"，而是他的女人。我很享受这种感觉，我们可以光明正大地牵着手走在一起，大家都知道并认可我们是一对。我们还有共同的朋友陪伴，有埃里克、爱丽丝、莉娜，还有很多人。我们有时候也会和其他的情侣聚会，一起在外面吃饭。还有情侣邀请我们和其他情侣共进晚餐，这对我来说是前所未有的美妙体验。我不再是马车上的备胎，我有了一个伴侣，有了自己的归属。

我和尼尔斯（以及和尼尔斯之前的对象）在一起的时候，一切都是偷偷摸摸的。我们从来没有和其他人一起见过面，他的家人、朋友没有人知道我的存在，我的朋友也没有人知道他。不仅是因为他是别人的伴侣，更因为我们的所作所为都是禁忌。

尼尔斯其实是在犯法。凭借压迫女性和不当使用男性体力的罪名，他本应该一次又一次地锒铛入狱。跟我在一起的时候，他经常帮我砍柴，修剪草坪、树篱和树枝，而我就在厨房里准备午餐或晚餐。有时他还会帮我换车胎，给屋顶补漏，翻新排水沟，填补房子外立面的裂缝。作为感谢，我会换上性感的装扮，为他做一些美味的饮食，把桌子布置得漂漂亮亮。

这种感觉很微妙。我站在厨房里，为自己和强壮的爱人准备饭菜，围裙里面穿着裙子，裙子里面是丝质内衣。而他屹立在瑟瑟寒风中，挥舞着胡桃木手柄的斧头，像劈蜡一样轻而易举地把木头一根根劈开，速度快得令我惊叹。我要花两个小时才能劈完的木材，尼尔斯只用一个小时就劈完了。每次他帮我换冬用或夏用的车胎，他搞定整个流程的时间只够我把车轮螺母拧开。他把这些事都收拾得妥妥当当，我不用亲自动手做那些脏活重活，也不用搞得自己大汗淋漓、腰酸背痛。但尼尔斯在我心中的地位远不止于此。当他干完活回到屋子里，我会给他拿一条干净的浴巾，当他洗澡换衣服（他装在公文包里从家带来的）的时候，我就会准备好饭菜摆上桌。当我听到浴室里哗哗的水声和尼尔斯唱歌的声音时，我会停下手上的活，细细品味这个场景，将它一饮而尽，满满地含在嘴里。在这些时刻，我感觉自己是如此鲜活。我沉浸其中，几乎感觉我和尼尔斯属于彼此，彼此需要。

当然，其中也有欲望的驱动。当我像一个温顺的贤妻良母、系着围裙站在厨房里忙碌，听着木材在木桩上被劈裂的声音，割草机和树篱剪的嗡嗡声，锤子的敲击声，水泥搅拌机的搅动声，内心便升起一阵欲望的火焰。满怀家庭主妇的细腻准备饭菜，已经让我满心悸动，尼尔斯劳动之后狼吞虎咽的样子，更让我满足欣慰。是的，这一切都与欲望有关，是一种调情的方式。

这也是——或者曾经有可能是——一种生活方式。如果我们是一对正当的情侣，我们或许就会按照这样的角色分工生活。即便无法张扬，但我们单独相处的时候就会如此。在二人世界里，我们可以放任自己抛开思考，只跟随感觉和身体行事。

男人坦坦荡荡、毫不羞愧地展示身体力量时的样子很美。而女人敢于示弱，坦然地在繁重工作中接受帮助，也是一种美。如果要在身体和心灵之间做出选择，我会选择身体。如果要在理智和心意之间做选择，我会选择跟随心意。和约翰内斯在一起的时候，我可以毫不掩饰地做出这样的选择。

十三

运动实验结束了。休息了几天之后，我将迎来第一次器官捐献：把肾捐给一个年轻的医学生。我害怕极了。

捐献前一夜，约翰内斯一直陪着我。我们发生关系，然后我哭了。他试着安抚我，让我平静下来。

"我也只有一个肾。"他说，"没事的，感觉不到区别。"

"这不是重点。"我说，"我怕麻醉了醒不来。我怕再也见不到你。"

他沉默了片刻，神情凝重地看着我，然后说道："那天总会到来的，你知道的。我们都知道，但我们必须这样过下去。但那天一定不是现在。一定不是明天。"

不是现在。不是明天。

这句话让我平静下来，很快就睡着了。

到了早晨，我拖着还算坚定的双腿走到了医院的四部，这里是属于 K 区的一部分。底下的一层是护理中心、药房、按摩理疗、理疗诊所、美发室、洗手间，还有电梯可以通往不同的部门。四部在四楼。令我意想不到的是，我的房间竟然是个单人间。房间里有一扇窗户可以看到中庭步道，透过玻璃幕墙还可以俯瞰莫奈花园。

这是我第一次在这里看到窗户。我如痴如醉地站在窗边，看着中庭步道上来来往往的人，有人在散步，有人在慢跑。我抬头透过玻璃幕墙向外眺望，越过池塘看着小桥和玫瑰花架，看着紫藤、铜山毛榉、垂柳、竹林，还有行人穿梭的小径。我看到了莉娜，我认出了她那头蓬乱的白发。她走得很快，四肢松弛，像一只行色匆匆的小怪物。她停了下来和一个人聊了几句，那个人坐在池塘边的长椅上看报纸，我没有认出来是谁。

"多丽特·韦格？"我转过身去，门口站着一个身穿白裤子和浅蓝色衬衫的护士。

"我是安护士。"她说着走进了房间，跟我握了握手，"四部的负责人。"

安护士开始跟我介绍接下来几个小时的程序，以及要做的事情：用葡萄糖酸洗必泰洗澡，换上病号服，注射镇静剂，躺在轮床上被推到手术室 K1，然后接受麻醉。

手术很顺利。我醒过来了，但感觉很难受，还顺着鼻管吐了。虽然很恶心，但至少我还活着。那个年轻的医学生接受了我的肾脏，听说那边移植的情况也很顺利。几天之后我就出院了，约翰内斯捧着一束鲜花和一盒巧克力来接我。他带我回到家，悉心照顾我，做好饭端过来，给我泡咖啡泡茶，喂我吃巧克力。他还大声地给我朗读故事，读的是威廉·萨默塞特·毛姆的短篇小说《蚂蚁和蚱蜢》。

我还需要一段时间才能痊愈，但身体还算强壮，很快就回归了部分正常生活：写小说，散步，游泳，蒸桑拿。我经常和埃尔莎、爱丽丝一起蒸桑拿，她们最近也都做了手术。埃尔莎捐出了一部分肝脏，爱丽丝跟我一样捐了一个肾。

一天下午，我们三个一起坐在桑拿房里聊天，她们俩坐在最上排的长椅两头，我坐在埃尔莎下方的中间一排。"要是早知道流程这么简单，"爱丽丝这样说，"我可能在外面的时候，就自愿捐献肾脏了。"

"你愿意？"埃尔莎惊呼道，听上去像是真的很惊讶，"捐给那些'婊子'？仗着自己生了五个优秀的孩子，有一份能带动经济增长的工作，就趾高气扬的有效用人？自愿？你认真的吗？"

"我愿意啊，但当然不是给那种人！可话说回来，为什么不能？每个人都有活下去的权利，包括那些趾高气扬的'婊子'。"

"哦，是吗？"埃尔莎说，"你是这么想的，是吧？那你可真高尚！"

"那当然了。请叫我圣人爱丽丝。"她双手合十摆出祈祷的样子，还摆出斗鸡眼，做出一副神情庄重又圣洁的神情，然后气沉丹田，用男中音吟诵道："阿门！"

我们忍不住大笑起来。其实这样笑一点儿也不好，因为牵到伤口会很痛，我和埃尔莎都捂住了手术的刀口。

然后我们开始比较彼此的伤疤。桑拿房里没有别人，只有监控摄像头和隐形的麦克风。爱丽丝的伤疤比我的要大，但我的伤疤更丑陋，凹凸不平，而且一块蓝、一块绿、一块粉的。埃尔莎的伤疤是最大、最凸的，几乎像个肿块，周围都发炎泛紫了，她是最晚做手术的。讨论完了伤疤，埃尔莎开口说道："多丽特，我要告诉你一件事。我一直想找个合适的时间，但是……反正，现在是时候告诉你了。是关于你姐姐的。"

"我姐姐？"

"对，她叫西芙，对吧？"

我点了点头。

"她以前在这里，"埃尔莎说，"她当时住在 B4。"

我想起了 2 号实验室墙上挂的那幅画。我没猜错，那确实是西芙的作品。我的内心平静如水，并没有感到一丝的惊讶。

"你怎么找到她的？"我问埃尔莎。

"我去做手术的时候遇到了一位护士，克莱尔·格兰舍。"

"格兰舍？她和戈兰·格兰舍有关系吗？"

"她是他的女儿。戈兰·格兰舍是我们学校的校长，"埃尔莎向爱丽丝解释了一下，继续说道，"克莱尔看到我的名字认出我了，我也认出她了。我们就聊起老家村里的人，想看看有没有共同认识的熟人。我正想提起你，她就叫了起来：'西芙·韦格！你认识她吗？'我说：'我不认识，但我认识她妹妹。她就住在 H3，我们每天都会见面。'你不介意我这么跟她说吧？"

她忐忑不安地低头看向我。

"当然不会。"我说着爬到了埃尔莎和爱丽丝中间的长椅上，这样我们就在同一个高度了，"再跟我说说西芙的情况吧。"

"好，"埃尔莎继续说，"她是五十岁的时候来的这里，跟我们大部分人一样，当然也参与了很多医学或其他领域的实验。她进行了三次器官捐赠，还多次捐献了卵子和骨髓。她的卵子质量和二十五岁女人相比也毫不逊色，堪称是真正的女强人。然后她在这里找到了真爱，就像你一样。她认识了一个人，是叫艾琳还是艾伦，克莱尔记不清了，总之他们一直在一起，直到艾琳还是艾伦捐献了心脏。"

我感到心脏周围一阵刺痛，桑拿房的空气潮湿闷热，我不得不大口喘气。我想到了约翰内斯，他的年纪比我大很多，而且已经在这个地方待了很久。我闭着眼睛想起他说的"不是今天，不是明天"。这时我感觉埃尔莎握紧了我的手。

"你还好吗？"她问我，"要不要出去喘口气？降降温？

喝点水？"

"不用不用，我没事。"我回答着，睁开眼睛对上她的目光，点头示意她继续说。

她收回手，轻轻向后靠在发烫的木墙上。她全身都被汗水浸湿了，我和爱丽丝也是。爱丽丝蜷着膝盖，双臂抱着腿，静静坐着聆听埃尔莎的讲述。

"她失去艾伦还是艾琳之后，就申请了做最后捐赠。"

"这还能自己申请吗？"爱丽丝问道。

"你不知道吗？"埃尔莎回答，"好吧，反正现在知道了。她的申请被批准了，我想他们都是会批准的。然后大约一周以后，有个人需要心脏和肺，西芙的血型配上了。所以……这已经是四年前的事了。"

听到这里，我再也无法保持平静，全身都沸腾起来，并不是因为桑拿房的热度。但正如我所说的，我并没有感到惊讶。前面也提到过，西芙还活着的可能性微乎其微。如果我在这里遇到了她，比如在温室花园散步的时候偶遇，发现她只是比我们之前见面的时候老了一些，反而会感到意外。我也没有觉得难过，至少主要的感觉不是难过。事实是在埃尔莎跟我们讲述的时候，我内心的怒气一点点升温了。得知西芙把心脏和肺捐给了一个更需要的人，那个人可能有五个优秀的孩子要抚养，我的怒气却丝毫没有因此而减弱。

"可是我呢？"我爆发了，一拳捶在墙壁上，"有没有可能我也需要我姐姐，为什么没有人关心这件事呢？有没有可能兄弟姐妹也彼此需要？我以前需要我姐姐，现在也需要她，她是我的家人，是我最亲的人，为什么没有人关心这个？"

我一拳一拳砸在墙上，汗水从身上喷涌而出，随着我的击打飞溅起来。爱丽丝和埃尔莎从两边冲过来，抓住我的手臂抱住了我，拦着不让我继续捶墙。她们围着我，像哄孩子一样晃着我、安慰我。我们滚烫湿热的身体交织在一起。

"你知道的，兄弟姐妹的关系他们不认的。"过了一会儿爱丽丝说道，"他们只认可新组建的关系，只认可那些组建新家庭、生育新人类的人。你知道的，多丽特，你知道我们只能向前看。"

十四

有时候，我会在夜里梦到约克。我们总是在海滩上，或是又饿又渴地从海滩回家的路上，我的脸颊冻得通红，约克的呼吸冒着白气。我们走进屋子，我往炉子里烧上一些柴火，给约克倒点儿吃的，再给自己做点儿饭吃。梦里的季节不尽相同，但大部分时候都是秋天或冬天。在沙滩上，我把一根木棍扔出去，约克就兴奋地叫着跑过去捡。它把木棍拿回来放在我的脚边，我就夸奖它，然后再把木棍扔出去。这些场景就像一部电影，在循环播放。在这样的梦里我感觉很满足，所有对我来说重要的东西，都包含在这个永恒的循环里，而其他的一切都微不足道、毫无价值。有时候我醒过来，脑海里还盘旋着"轮回（cycle）"这个词。

然后我会伸个懒腰，爬到还在熟睡的约翰内斯身边，摩挲他或者干脆压到他身上。最后他半睡半醒地咕哝着，开始用手触碰我，在还未完全清醒的状态下和我纠缠在一起。

在埃尔莎说起西芙的那天晚上，我做了一个海滩梦。这个梦境给人的感觉异常强烈，色彩和对比度格外清晰锐利，就像一部彩色电影。海浪声、海风声、海鸥声、燕鸥声、苍鹭声，还有约克的叫声，都清晰可辨。我甚至还闻到了大海和海草的味道。

在梦里我很开心，但醒来之后感觉自己要崩溃了，体内一片碎裂，分崩离析。我的心脏扑通跳着，像一台不愿启动的冷引擎在訇然作响，皮肤像有小虫子在爬。我理不出一丝头绪，仿佛所有的想法还没来得及成型，就被碾压成了碎片。

那天，我没什么心思做事。约翰内斯显然发现了我状态不佳，但我告诉他我要工作了，他也只能很不情愿地回去写东西了。他走了之后我坐了很久，先是躺在床上，把记事本放在膝盖上，然后又换到电脑前，但还是一个字都写不出来。

到了上午十一点左右，我放弃了。我洗了个澡，穿上衣服出门了。我焦躁地沿着温室花园的小路漫步，沿着中庭步道走了一圈，又走回花园里。走到莫奈花园时，却感觉自己像被关禁闭一样窒息，甚至要犯幽闭恐惧症了。于是我转身离开，穿过最近的气阀室，又沿着中庭步道走了半圈，一直走到画廊，坐电梯来到了特勒斯。

那里离玻璃穹顶更近，离天空更近，光线也更敞亮。与坐在树荫下相比，还是从上面俯瞰树林感觉好一些。现在正是午餐高峰时间，我在那里坐了很久。我背对着那些正在用餐的人，坐着什么都不做，只试着调整呼吸，看看外面的花园。直到我感觉一只手搭在了肩膀上，回头发现是爱丽丝。

"你还好吗，我的朋友？"她问道。

"我也不知道。"我这样回答。其实是真的不知道，我都无法理解自己。在我身边有约翰内斯，我爱他，看得出来他也是爱我的；有令我关心、尊重的朋友，他们也关心我，跟他们在一起让我很有安全感。西芙的死讯也在我意料之中，我从以前就这么认为，并且早已接受了这样的推测。

但是，推测和确认还是有区别的。有天壤之别，这是两个截然不同的概念。

然后还有约克。

爱丽丝拖了一把椅子过来，坐在我旁边，搂着我的肩膀。

"我好想念我的狗。"我说。

"你的狗？我都不知道你养狗。"

"以前养过。"

"小可怜，"爱丽丝说，"亲爱的多丽特，小可怜。"

我靠在她身上。不记得我有没有哭，但应该是哭了。

那天下午和晚上，我参加了一个信息发布会，是关于我即将要参与的一项医学实验的。这个实验的进行是为了测试一种新型的精神类药物，是一种可以即刻生效的抗抑郁药物。不像早期的版本，要等好几周症状加剧了才能完全生效。

我们一共有三十个人参加了会议，其中包括埃里克、莉娜和谢尔。谢尔情绪很不好，声称自己受到了误导。不知道怎么回事，他好像以为在这里当上内部的图书管理员，就可以不用参加医学实验。我不太理解他的逻辑，不过会上确实提到了和图书馆工作有关的事。

"谢尔，现在请你注意。"这项实验的一个勤务员说着，她是一个头发油腻、有着双下巴的孕妇，"只有在这种特殊会议期间，"她解释道，"你才可以离开图书馆。不过薇薇·永贝里在接替你的班，她会成为一位出色的图书管理员，所以……"

谢尔嘀咕着："薇薇·永贝里才不是图书管理员。薇薇·永贝里只是一个图书馆助理。而且她对这个图书馆也不熟悉，另外……"

他用那乏味、哀怨的声音喋喋不休，激起了我的怒气，让我感觉有点儿不爽。在我看来，他这样做只会让自己看起来更可笑。

会议结束之后，我站在F电梯里上楼去找约翰内斯，这时的我意识到了自己的焦虑。从第二天早上开始，我就要服用这些"快乐药片"了。据说可能会出现某些副作用，他们要我们注意头晕、恶心、呕吐、视力障碍、手脚麻木、面瘫之类的症状。这次是药物成分调整之后的第二次实验。在第一次的实验里，有90%的参与者出现了上面这些副作用。而且在特定的情况下，副作用非常严重，会发展成胃溃疡出血、中风和类似痴呆的症状。还有传言说有几个人真的死了。

考虑到这些风险和传言的影响，实验组领导要求我们必须在监督下服药。他们担心我们不好好服药，会破坏整个项目。

当我敲响约翰内斯的门时，早已身心俱疲，昏昏沉沉的，好像瞬间衰老了。可听到约翰内斯的脚步声向门口靠近时，我又感觉如释重负，整个人像是被充满了氦气或者笑气，幸福得晕头转向。

"你终于来了！"他打开门说道。

他几乎是把我拉进了屋子里，抱着我伸手关上了身后的门。他亲吻着我的额头、鼻尖、脸颊和嘴唇，我的手在他身上摩挲撕扯，就这样纠缠在一起。

事后我们光着身子一起躺在床上。之前我还没有把埃尔莎找到西芙的事告诉过约翰内斯，其实我根本没有跟他提过西芙或是我的其他家人。直到现在我才告诉了他。

"女强人西芙！"还没等我说完，他就惊叫起来，"女强人西芙是你姐姐？我之前不知道她姓韦格。"

"你认识她吗？"我从床上坐了起来。

"我不认识。但是我刚来这里的时候，三年还是三年半之前，大家都在谈论她和她的伴侣艾伦。不过马伊可当时好像是认识她的，应该是。我觉得女强人西芙之于马伊可，就像马伊可之于你。"

"真的是这样吗？"我说，"不会是为了让我好过一点儿才这么说吧？"

"你在说什么傻话，多丽特！我为什么要这么做？之所以这样说，是因为在我印象中西芙和马伊可的关系就是这样的：那是一段短暂但深刻的友情，它帮助马伊可快速找到了心绪稳定的状态，能够平静下来，最终适应了这里的生活环境。"

"她看起来确实适应得很好。"

"可能就是多亏了你姐姐，从某些方面来说。"

"我在想西芙有没有一个这样的朋友。"我说。

约翰内斯没有回答，只是默默地看着我，神情突然变得有些悲伤和疏离。

"你在难过吗？还是只是有点儿严肃？"我问他。

"我也不知道。"他回答道。

我又躺了回去，握住他的手。我们手牵着手躺在那里，望着天花板。

"在这个地方，世代更替很快。"我说。

"是的，"约翰内斯说，"确实很快。"

片刻之后，我从他的呼吸声里听出来，他正在拼命忍着眼泪。我翻过身面对他，伸手抚上他略微有些粗糙的脸颊。他把灯关掉了——也许是不想让我看见他哭泣的样子，也许只是觉得该睡觉了。他在黑暗中面向我，把我拉到他的身边，一只手搂住我的肩膀，另一只手揽着我的头靠在他胸膛。我伸出手臂环住他的腰，额头抵着他的胸骨，一条腿架在他的大腿上，整个人攀附在他的身上。

早上醒来的时候，我们还保持着同样的姿势。仿佛两个溺水的灵魂，紧紧攀附纠缠在一起，徒劳地试图拯救自己，又或者只是为了不让自己孤零零地死去。

十五

参加这项抗抑郁药物实验之后，我的生活进入了新的节奏。我要乘电梯去 K1 层的 3 号实验室，吃一颗黄色的小药片，每天早、中、晚三次。这完全打乱了我的日程安排，尤其是影响了早上的写作。我老想着到八九点就得停笔，要换衣服坐电梯去吞药，所以很难保持写作必需的平静和专注。于是打算干脆就不写新的了，在这个时间段检查已经写好的内容，做一些标注和修改，本来我习惯在全文打印之后再做这些工作。

这一点已经够烦人了，更让我烦心的是那种不被信任的感觉，就像被当成了难搞的小孩，被当成了骗子、叛徒。这简直是一种侮辱。我被迫张着嘴站在那里，等待卡尔护士、天真开朗的利斯护士或其他护士拿来黄色药片。她们还要检查一下你的嘴里，好像自己是一匹老式马市上待售的马。接着仔细地在名单上打个钩，心满意足地念叨："好样的，多丽特。我们两三点的时候再见。"

每次经历这套流程，我都感觉自尊心缩小了几分。

不过另一方面，和参加运动实验时相比，我有了更多可以写作的时间。因为在这个医学实验里，我的任务就是每天三次准时到位，一天花费的总时间大概只有半个小时。听上去这是一件利大于弊的美差，但事实并非如此。

在和阿诺德的多次咨询中，有一次我谈到了这个问题。我说到感觉自尊心越来越弱，而且因为中途要出门，我很难定下心来工作。我原本指望他能给我指引方向，提出一些解决问题的办法，但他只是点点头，边听边做笔记，然后问了一些问题，诸如："写不下去的时候，你有什么感觉？""你怎么定义所谓的'侮辱'？"

于是我谈起了对药物副作用的担忧。

"你出现副作用了吗？"阿诺德问道。

"没有，但我也没感觉到任何积极的疗效。要说有什么变化的话，就是比以前更焦虑了。按理说这些药片直接就能起效的。"

"直接不代表立即。"阿诺德说。

"哦，真的吗？"我问道，"那直接应该代表什么意思呢？"

他没有回答。他只是坐在对面的扶手椅上，一条腿随意地架在另一条腿上，手肘撑在扶手上，十指相触，若有所思地打量着我。我又转移了话题，说起西芙的事，说到我确认她的死讯之后几近崩溃。

这个话题显然引起了他的兴趣，他的表情又变得生动起来。

他把手放在膝盖上，开始问我一些问题，关于西芙、我的家人和我成长中的人际关系。我近乎机械地一一作答，滔滔不绝地输出自己的想法和理论，解释为什么五兄妹里只有我和西芙没有组建家庭，而是选择了收入不稳定的职业。

其实我更应该聊约克的梦，或是我和约翰内斯的事，这样咨询才会更有效果。因为我和家人之间的关系已经是老生常谈，很容易解读了，而这些新出现的状况和体验，是我还没能够真正把握的。但我没能再次转移话题，走出阿诺德办公室的时候，感觉自己浪费了一个小时的生命。

十六

一天下午，我在楼下吞完第二片药片，然后坐电梯去图书馆还书。我看到薇薇坐在前台，谢尔好像不在。我把书递过去，把条形码对着她，问起谢尔的情况。

"他被解雇了吗？"

这本是一句玩笑，但薇薇的表情却很凝重。

"你没听说吗？"她说，"他病了，副作用很严重，他一直头晕，对时间和空间的感知都混乱了。他起不来床，也不能自己吃饭。"

"什么？！这个情况多久了？我跟他参与了同一个实验，我是说，我担心……"

"……担心你会不会也这样？不会的。"

"真的吗？"

"如果到现在都没有出现任何副作用，那你吃的肯定就是糖丸。别问我是怎么知道的，我当然不知道，只不过所有的迹象都指向这一点。有的人一开始变得特别高兴，接着就开始神志不清，最后彻底失智。简直是悲喜两重天。刚开始那几天，谢尔完全变了一个人。当时我在这边帮忙整理新到的电影，清理旧杂志和报纸。那会儿他心情很好，说笑个不停，亢奋得我都受不了。然后很突然地，他就开始逐渐变得无精打采了，整个人的状况急转直下。他没法判断距离的远近，经常被东西撞倒或绊倒，还丢三落四的。然后就变得健忘，到后来甚至弄不清自己在哪里。最后他实在待不下去了，在这里什么事都做不了。而且我说了，不只是他一个人这样。那个一直很哀怨的男人，就是我们迎新派对上坐你对面那个，贝德里德恩，他也是这样。"

"埃里克？"我说，"你说的是埃里克。"我感觉心脏一沉，整个人天旋地转，只能撑在前台桌子上。"这些你都是怎么知道的？"我问她。

薇薇笑着解释说在图书馆这种地方工作，就能知道各种小道消息。她还絮絮叨叨地跟我说了这个实验其他参与者的情况。但我根本没有听进去，我在想埃里克。我想起自从瓦妮娅最后捐赠之后，他是多么低落和迷茫。他现在肯定很需要她，也很需要别人的爱和关怀。

我召集了一小群人——埃尔莎、莉娜、约翰内斯和佩德，我们一起去看望了埃里克。那是晚上八点半左右，我去完健身房，吃了个晚饭，到3号实验室吞下了最后一片黄色药片。

埃里克的情况比我预想的还要糟糕，他已经完全认不出我们了。他出现了视力障碍，头不受控制地一直晃个不停，脑子也出了问题，意识和记忆一片混乱。他根本认不出我们是谁，就连和他关系最熟的佩德也认不出来。

一个戴着大号黑框圆眼镜的年轻勤务员负责照顾埃里克的饮食起居，他带我们进了屋子。"唔噢！"埃里克满脸笑容，拖着奇怪的音调像唱歌一样叫着，"欢——欢——欢迎！"

灿烂的笑容算得上是他病症里唯一让人感到宽慰的了。至少这几周以来，他第一次开心了起来。可是他管佩德叫约纳斯叔叔，管约翰内斯叫爷爷，管埃尔莎叫妈妈。他还略带戏谑地叫我歌妮[1]，叫我小姐（Mademoiselle[2]）。他没有跟莉娜说话，但在她身边表现得很害羞，每次莉娜跟他说话或是瞥他一眼，他都会红着脸咯咯笑，然后躲开视线。

从埃里克家离开的时候，我们都很低落。穿过客厅往外走的时候，约翰内斯轻轻说了一句，只有走在旁边的我听到了："这才过了没几天。"

我抬头看看他，但什么也没说。我走到沙发旁，问那个正在看电视的年轻勤务员："这有多严重？"

"你指什么？"

我挨着他在沙发上坐下。他的衬衫名牌上写着"波特"。

---

① 芬兰作家托芙·扬松创作的姆明系列故事中的角色，是姆明的女友，她有着一头金发。

② 此为法语。

"埃里克还能……恢复吗？"我问道。

波特看着我的眼睛，镜片后面的表情异常淡漠，却又流露出同情。

"这事谁也说不准。不过我个人觉得是不能了。"

片刻之后，他尽力压低声音，在电视机噪声的掩护下说道："我看过 X 光片。"

然后他往前倾了一下身子，咳嗽了一声清了清嗓子，咳嗽声未落，哑着嗓子飞快地吐出一句："非正常萎缩。"我很勉强才听清。他又咳了一声："大脑……"最后又清了一下嗓子："……已经萎缩了。"

我很清楚非正常萎缩是怎么回事，阿尔茨海默病就是这个原因引起的。简单来说就是大脑退化了，在颅骨里面萎缩，萎缩到最后什么都不剩，只留下双耳之间巨大的空腔和患者脸上绝望的表情。我年轻的时候从事过老年护理工作，见多了这样的例子。

一阵急促的咳嗽之后，波特适时地伸出手搭在我肩上，用友好、聊天般的语气说道："但你不用担心，我们把他照顾得很好。而且你也看到了，他多开心啊。"

我点了点头，但我心里很清楚，对阿尔茨海默病患者来说，不开心的时候远比开心的时候要多。波特好像看出了我的想法，又补充了一句："其实他大部分时间都是这么开心的。他看上去好像很满足，也是挺奇怪的。"

当然，我不知道他说的是不是真的，可能只是为了安慰我。

"他们停止实验了吗？"我问道。

"没有，实验还在继续。"

"不是，我是说埃里克。他每天还吃那三颗药吗？"

"当然。我说了，实验还在进行中。"

波特笑了，这时他表情中的淡漠盖过了同情，我知道聊天结束了。于是我起身，拜托他好好照顾埃里克，然后去休息室找其他人。大家都是一脸苍白，一言不发。

"他怎么说？"佩德问道，他的脸色是最差的。

"他知道的不多。"我撒谎了。我不能辜负这位年轻勤务员的信任，他好心藏在咳嗽里传递给我的消息，我不能公然说出来。便只补充了一句："但他说情况看起来不太乐观。"

几个小时之后，我和约翰内斯回到了我的公寓。我一进门就把他拉到身边，开始亲吻和爱抚他。在他的呻吟和呢喃声中，我凑到他耳边轻声告诉了他埃里克大脑的情况。

十七

埃里克、谢尔和另外十三个人被送去做了最后捐赠，官方没有向居民透露太多消息。而非官方的消息——通过悄悄话、咳嗽和各种渠道传播的那种，也都是众说纷纭，可能夹杂着谣言和猜测。最终我们总结出了一个相对比较可信的说法：在这款抗抑郁药的生产过程中，有药物成分不小心被弄混了，一种用于化学武器的神经毒素被掺进了药片里。在当天晚些时候，偶然间制药公司发现了这个可悲的失误，负责人立即通知了储备银行单位的领导组。而领导组决定，最好的办法就是把十五名受影响的实验参与者消灭。既然他们的大脑损伤已经无法挽回，就也没必要把事情捅大了。于是领导组速战速决，把那些参与者体内还能用的器官保存下来，对外没有做过多的解释，就让一切回归了正轨，剩下的就交给集体失忆来收场。

这批器官和组织突然流入市场，供求关系是如何匹配均衡的，报告上没有提到。但我知道有的组织可以保存很长时间，直到等到合适的受捐者出现；我也很确定，大体老师在研究和教学中也是很受欢迎的。所以我希望并且相信，埃里克和其他人都能以某种形式得其所用。

　　我们另外十五名实验参与者被叫去参加了一个会议，由储备银行单位的主管佩特拉·伦海德亲自主持。她的目光一如既往的严肃和悲悯，在我们每个人身上停留一两秒钟然后划过。她对已经发生的事表达了一下遗憾，然后证实了薇薇告诉我的事：我们这些没有出现副作用的人，吃的确实是糖丸。

　　"当然，这个实验会立即取消。"她继续说道，"你们很快就会分配到新的任务。"

　　我们自然都是大受震撼，被强烈又矛盾的情绪所淹没。当你发现你的劫后余生纯属偶然时，出现矛盾情绪就是人之常情了。有的人哭了，有的人疯狂大笑，一对情侣呆坐在那里盯着半空，全身发抖，牙齿都在打战——当然有人照顾他们，对他俩进行了休克治疗。还有两个人崩溃了，被连拉带抬地送去各自的心理医生那里看急诊。莉娜和我还算冷静，但整个会议期间我们都紧握着手坐在那里。

　　谢尔死后，薇薇接手了图书馆的工作，她似乎对这个安排很满意。很不幸的是，我不得不承认，并没有多少人在怀念谢尔。他是一个可怜的牢骚鬼，但除此之外他并没有制造什么噪声，他在这里没有树敌，但同时也没有朋友。没有人为他哀悼，他也无牵无挂。薇薇顶替了谢尔的位置，仿佛她就是那个一直在书架间穿梭的人，把书籍、电影、CD、杂志和日报归置好，记录和派发异地借单，签发阅读器，下载电子书，跟来来去去的借阅者聊上几句。仅仅过了几个星期而已，谢尔这个人好像从来就没有存在过一样。要不是因为他死于一场丑闻和悲剧，我觉得甚至都没有人会想起他。

十八

在抗抑郁药的实验失败之后，我和埃尔莎第一次，也是最后一次参加了同一个科学实验。这是一项心理学的研究，研究员想要探究是否存在生物学或遗传学上的亲体本能；如果存在，其对男女性的作用是否相同。作为无效用人，我们是完美的研究对象，因为我们都没有当过父母，没有体验过照顾和抚养自己孩子的感觉。

刚开始的那几天，我们挨个坐着把头放进脑部扫描仪里，一边接收各种视觉、听觉、嗅觉的信息，一边由扫描仪监测和记录大脑的反应。视觉上是一些不同年龄和不同状况的小孩照片；听觉上是婴儿的叫声、小孩儿的笑声、新生儿哭闹、孩子发脾气的声音；嗅觉上是婴儿米粉、爽身粉、婴儿粪便、湿尿布、婴儿呕吐物的味道。

另外还有一些图片、噪声和气味，代表着不同类型的威胁或危险，比如滚烫的炉子、刺耳的急刹车、火、烟、游泳池、陡峭的楼梯、嗡嗡飞舞的黄蜂、龇牙狂吠的狗、锋利尖锐的物体、枪支、各种有毒物品、递给孩子糖果的龌龊老人，等等。

几天的实验入门环节之后，我们又做了一系列不同的测试。

有多选题，有小组讨论，还有情景表演，他们会从多方位观测我们的反应。实验持续了两个星期，在离结束还有两天的时候，我们——至少是我——感到了一丝惊异。我们来到2号实验室（大部分工作都是在这里进行的），发现地上爬满了活生生的孩子，大概有二十个，年龄从十八个月到六岁不等。我们要陪他们玩，跟他们交流，需要的时候还要给他们喂饭、换尿布、换衣服。

我和埃尔莎陪着一个四岁女孩儿和一个两岁半的男孩儿玩了好几个小时。我们用一张桌子、几块毯子和几个垫子搭了一个小房子，然后和几个洋娃娃一起开茶话会，接着我们遭到了"恐怖分子"的袭击，在跟"恐怖分子"的交战中阵亡了。后来小女孩儿改主意了，说情况没有这么严重，我们只是受了重伤，需要创可贴和绷带，接着就又可以继续吃蛋糕、跟娃娃聊天了。然而过了没一会儿，我们又被打断了，因为小男孩儿尿急。我们还没来得及带他跑到洗手间，他就已经尿裤子了，所以便只能给他换上一条深绿色裤子，小男孩儿不喜欢，更中意原来那条红裤子。

于是他就哭了，哭得愤怒又凄惨。哭了好一会儿，埃尔莎提出了一个绝妙的想法，告诉他其实他穿的是一条绿色的军裤，现在是时候开始新的反恐战争了。于是一切又好了起来。这个小男孩儿叫奥拉夫，小女孩儿叫克里斯蒂娜，和他们在一起我还挺开心的。

我们在小房间里进行了一对一的访谈，聊了我们的心情，以及和孩子们共度这段时间的感受。房间里摆了一张简单的桌子、两把椅子，还有一台 DAT 录音机、一台电视和一台 DVD 播放器。给我做访谈的是个跟我年纪差不多的女性，看上去很有力量感，目光沉稳。要是放在平时，我会觉得她很能让人安心，但这天的情况不一样。

在前一天的晚上，我整夜都非常低落，感觉胃和胸口发疼，就像刚来这里头几个月想念约克的时候一样。我强忍着眼泪，转身背对约翰内斯躺着。他发现了不对劲，想要安慰我，但也无济于事。我当然不会在访谈里说起这个情况。但主导这项测验的心理学家有权查看我们的日志，所以这个做访谈的女人知道我年轻时堕过胎。知道这一点还不足够，她还问我，鉴于我早年堕过胎，后来也一直没有孩子，这次跟孩子们接触感觉怎么样。我拒绝回答，但她说："你看看这个，多丽特。"她按下了 DVD 机上的播放键。

屏幕上出现一片绿色，看起来像是用水下相机拍摄的。我下意识地等着看鱼、海星、珊瑚和翻腾的海藻，可能还会有一个身穿橡胶衣、背着氧气罐的潜水员。但几秒之后我就意识到，这并不是什么海底的影片，与湖底甚至是水族馆也毫不相关。

那是用热成像摄像机拍摄的一个房间,是一间绿色的卧室,有两个绿色的人躺在一张绿色的双人床上。一开始两个人默默地躺在那里,背对着背。接着传来了低沉的声音,然后是一些呢喃,呢喃中能听到几个字:"多丽特?亲爱的,你怎么了?"

我从俯视的角度看到了,约翰内斯轻轻把我转过来对着他,然后我听到自己低低的呢喃声组成了单词和句子。起先还夹杂在抽泣和乱语声里,听得不是很清楚,但后面完全能够听见。这音质令我感到惊讶,甚至有些恐惧。

访谈人停止了播放,转过身来看着我,什么都没说,只是静静地等着。沉默持续了良久,我们一言不发地坐着,她的双手放在膝盖上,眼睛盯着我的脸,而我僵硬得像一具尸体。长久的沉默和僵硬将我掏空了,我体内的一切感官好像都关闭了,只剩下一具空壳。就在这时,我开始机械地讲述昨天的体验,以及事后的感受和想法。

十九

时间飞逝。日子像气球一样，满载着那些时光飞走：在马伊可畸形胎儿的画作下敲电脑，参加实验和人道测试，散步，做耐力训练，游泳，见心理医生，去按摩，做足疗，蒸桑拿。一个个夜晚如期而至，在看电影、吃晚餐、聊天、见朋友中消逝。深夜降临，又随着数小时的缠绵、耳语、睡梦飘散而去。日夜更替，化作一周又一周；周复一周，化作一月又一月。而到了每个月的月底，都会有五六七八个新的无效用人来到这里，又会上演一场迎新会，举行晚宴、表演和舞会。每个月也会有一些居民永恒地从这里消失，不再回来，其中越来越频繁地出现了一些认识的人。

曾经有一度，时间于我而言混沌成了一片。更确切地说，是在我的记忆中，时间交错成了一片。一方面是因为我们的记忆自带选择性，会把一些事混淆在一起，再从中挑选出看似符合时宜的那一件。在正常的情况下，在外面的现实世界里，我们的记忆可以依靠季节产生联想，特定事件往往会和特定的时间联系在一起。比如，我知道我父亲是在秋天去世下葬的，因为教堂墓地里的枫树是红色、橙色的，当时的天气也是清冷的。

而我母亲是在第二年的夏天去世的,那时候油菜花刚刚开,学校也放假了。我还知道尼尔斯第一次跟我回家是在早春,因为记得带他看了堆肥之后刚刚绽放的雪割草①。一开始他还不信那是真的,出于某种原因,他一直觉得这种花已经灭绝了。于是我只能进屋拿出我的花谱,翻出来给他看。而我搬进小房子的时候,是在深秋时节,树木光秃秃的,田地泥泞难行。同年的冬天,约克来到了我的身边。那天,我先清理了汽车挡风玻璃上新落下的湿雪,把花园里的小路清扫干净,然后才小心翼翼地驾着车,缓缓穿过泥泞,去动物救援中心接它。可当我回想在储备银行单位度过的时光时,季节就爱莫能助了,因为这里根本没有季节更替,只有白天和黑夜,唯一有的只是黑暗和光亮的变化。温室花园里的一切花朵都是含苞待放或是争相盛开,永远没有枯萎、凋谢和死亡。温室花园的冬天永远不会降临。

　　一天吃完午餐,我像往常一样在花园里散步,走到了柑橘园里,花瓣正在凋落。我走进矮矮的树丛,站在印象派风格的白色斑点里,想起了马伊可和约克。因为马伊可很喜欢印象派描绘世界的那种手法;而约克,我知道它一定会喜欢这片洁白的花瓣雪。我仰起脸,看着小小的花瓣缓慢而优雅地飘落,像

---

① 獐耳细辛的别称,一种美丽的冬季植物花卉,主要产自中国、日本、朝鲜半岛。

是芬芳的雪花，在无风的日子里永远不会融化。它们落在我的头发上、额头上、一边的眼皮上、另一边的眉毛上，又落在鼻尖，最后落在嘴唇上。我吹开了它，低头抖了抖身子。这时才发现树丛里不只我一个人。不远处有个人站在那里，戴着圆框眼镜、穿着淡绿色的员工衬衫，正透过布满白色斑点的空气看着我——是波特。

"你好！"他发现我看见他了，举起手跟我打了个招呼。

他朝我走了过来，走到我身边问道："你还好吗？"

"挺好的。"我回答他，"你怎么样？"

"挺好的……"他似乎犹豫了一下，低头看了看地面，随即又抬头深呼吸了一下才接着说："之前那件事真是太可怕了。"

"你是说埃里克他们的事吗？"

"对，不管这种药是在无效用人身上测试，还是在老鼠、阿米巴虫、有效用人身上测试，这种错误都不应该发生。这完全是一种彻底的……"他试着寻找一个合适的字眼，"……浪费。"

"没错。"我表示赞同，"他们还不如把研究经费扔到海里去。"

"我是说对人的浪费。"波特解释道，"不是钱。"

"人就是钱，"我回答，"和时间就是金钱一样。"

他摇摇头。

"人就是人，"他认真地说道，"是生命。"

"是的，没错，"我说道，"当然如此。"

"我差点儿辞职了。"波特继续说着，显然是想要释放一下压力，"看着你们在这里受到这样的待遇，太难熬了。"

"我们待遇挺好的。"我说。

"你是这么觉得的？"他真的很惊讶，可能还有一点儿失望。

"是啊，"我回答，"跟我们在外面社会上的待遇比起来，确实是的。在这里我可以做自己，从各个方面坦坦荡荡地做自己，不会被排斥或者被嘲笑，也不会有人看不起我。我不会被当作怪人、外星人、麻烦精，或是没有用的备胎。在这里，所有人都是平等的，我可以融入成为其中的一分子。我有钱去看医生和牙医，去找发型师和足疗师，还能出去吃饭、看电影、看剧。我在这里的日子过得很体面，受人尊重。"

"是吗？"

"是啊，我的意思是相对来说。"

波特看着我。

"好吧。"他说道，"我想，我能理解你。"

我换了一个话题。

"那你为什么还是没有辞职？"

"这个……我想我现在没法承受失业的后果。我和我的伴侣马上就要迎来一对双胞胎了，我们要换一个大点儿的住处。"

"好吧。"我说，"我想，我能理解你。"

他笑了起来，我也笑了笑，然后我们分道扬镳。我继续在柑橘园里穿梭，好像在一片新雪覆盖的风景里漫步。刹那间，我强烈地想念起冬天和寒风，想念那种刺骨的寒冷和呼吸的温热，想念连指手套、围巾和帽子，想念一只带着棕黑斑纹的小白狗在粉雪堆里奔跑，欢快地摇着尾巴，用鼻子嗅着薄薄的积雪，让身前的雪花飞舞成一道小小的旋风。

然后我想到了一个主意。

下午剩下的时间里，我有三件事要做：去医院的中央血库献血；去实验室注射铬——我参加了一项实验，测试高剂量的铬能否提升血糖；然后去按摩。等到晚上，我要跟约翰内斯一起去看一场新戏，最近大家都在讨论这部戏。

在我献血和全身按摩的期间，我用足够的时间仔细制订了一个计划，一回到家就行动了起来：我打开房门走进客厅，打着哈欠懒洋洋地伸了个懒腰，每次按摩完我都很困。然后踱进小厨房倒了一大杯水，拿着杯子回到客厅，又打了个哈欠。我走到沙发边半躺着，喝了几口水。接着把杯子放到桌子上，拿起了一旁的遥控器，心不在焉地摆弄着。我叹了口气侧过身来，拿起遥控器对着电视随便选了一个频道。自从变成无效用人之后，我就很少看电视了，所以尽可能地佯装出一副心血来潮的样子。屏幕上出现一片层峦叠翠的景色，那是一个山谷，草坪和梯田葡萄园沿着山坡攀缘而上，背景里的远山一片青蓝色调。这是一部以法国某个葡萄酒产区为背景的肥皂剧，我神情放松地躺在那里看着。

一直等到开始插播商业广告，放到第二个尿布广告的时候，我假装自己写作灵感乍现，迅速坐起身踩在地板上，抓起茶几上的记事本和笔，伏身在膝盖上奋笔疾书。

但字迹比平时要小很多，而且在献血的时候就已经想好了要写的内容：

> 我有一只丹麦瑞典农场犬，名字叫约克。它是白色的，身上有棕色和黑色的斑块；它的左耳是白色的，另一只耳朵是黑色的，背上有一块很大的棕色斑块，形状像是一个侧滑的马鞍。它跟丽莎和斯特恩·扬森一起住在维尔霍尔马农场，就在埃尔纳普郊外。如果您开车前往卡斯特普，限速标志后面右手边的第二个农场就是。如果可以的话，麻烦您过去帮我看看它过得怎么样，拜托了！

写完之后我把这几句话检查了一遍，说道："不好，不好！"于是把这一页从记事本上撕下来，揉成一团扔在了茶几上。接着又瘫倒在沙发上，把肥皂剧看完了。

过了一会儿，我冲了个澡换了身衣服，一边收拾房间一边等着约翰内斯。他是个绅士，会亲自过来接我去剧院。我拿起玻璃杯和揉皱的纸条往小厨房走去，左手拿着杯子，右手假装理了一下裤子，趁机把纸条塞进了口袋。我把玻璃杯放到台面上，为了不露馅，还打开水槽下面的柜子，假装往垃圾桶里扔了东西。

接下来我能做的就只有等待了。首先是要等约翰内斯来，然后要等再次遇到波特的那一刻。我又倒回到了沙发上，半躺着开始思考：到底是先有名字，还是先有眼镜。

他是因为戴黑框圆眼镜才有了这个绰号①，还是因为他叫波特所以特意戴了那副眼镜呢？可是谁会给自己的孩子取名叫波特呢？如果他是个女孩子，他们会给她取什么名字呢？皮皮②？

约翰内斯到了。他亲了亲我的嘴唇，他的嘴唇冰凉，仿佛刚从外面的现实世界回来，而这个世界的气温在零摄氏度以下，或者接近零摄氏度。我闭上眼睛，假装事实真的如此。

"你看上去很开心。"他说。

"是啊，因为你有冬天的味道。好像刚刚从一场暴风雪里

---

① 这里指英国作家 J. K. 罗琳作品中的角色哈利·波特，他戴着一副黑框圆眼镜。

② 取自瑞典著名童话作品《长袜子皮皮》中的小女孩儿。

回来。"

他大笑起来:"差不多就是这种感觉。我感觉一整天都在逆风奔跑,我都要散架了。"

约翰内斯参与了一项关于降压药的新实验,他的血压可能太低了。我担心地皱起眉头:"他们给你做过定期检查吗?脉搏、血压这些的?"

"当然有,"他说着,"别担心了,我们走吧?"

这出戏很长,不算特别好看,但它的设定很有意思。戏里讲的是一对夫妇,妻子一次又一次地流产,在这种不断绽放又破灭的希冀中,他们的爱如何变得浓烈,悲伤、痛苦以及共同的期盼又是如何将他们紧紧捆绑,合为了一体。戏演到一半的时候,他们终于成功生下了这个彼此渴望已久的孩子,然后他们开始渐行渐远,无法回头,最终成了没有共同语言的两个陌生人——真的就是字面意思,他们各自说着不同的语言,互相无法理解,所有的交流都只能通过孩子来进行,孩子不得已变成了父母之间的翻译。一切就是这么奇怪。

整个第二幕期间约翰内斯几乎都在睡觉,结束的时候他才醒了过来。

"现在要是能喝杯啤酒就太棒了!"他睡醒之后我们就走出剧场,来到了广场上,约翰内斯伸着懒腰说道。

"一场暴风雪配一杯烈性啤酒！"我说，那一刻这些就是我的心之所向。

"你好像真的很迷恋跟冬天相关的东西。为什么呢？"

"喔，因为今天柑橘园里的花瓣落了。"

然后我们就回到了我的住处。脱衣服的时候，我小心翼翼地把裤子叠好，免得右手裤袋里的纸条掉出来。

"哎哟，你突然变得很爱整洁嘛！"约翰内斯躺在床上说着，他已经脱光衣服进了被窝，一只手臂枕在脑后。

"我就是不想把它们弄皱了。"

"它们已经皱了。"

"是啊，那就别弄得更皱了。"

"你什么时候开始在意这种事情了？"

我想要换个话题。

"从我遇见你开始。"我说着，迅速脱光衣服，把它们都叠得整整齐齐，搭在放裤子的椅子上。我掀开床脚的羽绒被，蹭着约翰内斯的一条腿爬上床。他腿上的毛发柔软卷曲，皮肤略微有些粗糙，散发出男人的味道。是这个男人独有的阳光的气息，让我想起小茴香、香菜和肉桂的味道。

那天晚上，我梦到了约克和沙滩，我一遍一遍地扔着木棍，它一遍一遍地捡回来给我。但这次的梦不一样了。有时候不是约克叼着木棍跑回来，而是约翰内斯张开双臂向我跑来，头发在风中飞舞。有时候扔木棍的不是我，而是约翰内斯，约克把木棍捡回来时，我们一起夸奖它。接着突然就来到了屋外的车里，那是我的旧车和我的旧房子。我们下车走进屋里，这是我们三个一起生活的地方。约翰内斯正把一些装裱好的照片挂到墙上，我问他："这些是什么照片？"

"你看不出来吗？"约翰内斯回答，"当然是我们的孩子啊。"

"我们的孩子？"我说着，然后就醒了，房间里已经亮起了晨光。

我没有告诉约翰内斯这个梦，当时我没有说。我被吓到了。这个梦很美，梦里我们很幸福。而这或许就是症结所在，从某种程度上让人感到恐惧。接下来的那一整天我都试图忘记那个梦，想要摆脱它，就像要摆脱一个噩梦一样。但我做不到，它在我的意识里生根发芽，终日盘踞在那里。它让我做的一切行动、发生的一切事情、说的每一句话都有了色彩。我有了一个男人、一群孩子、一座房子、一辆车，还有一只狗，这种错觉让整个世界都变得有声有色起来。

二十

另一天的午餐时间，我正在外面散步，再一次在温室花园里遇到了年轻的波特。这次他正坐在小庭院的长椅上看书。从我们在柑橘园里聊天之后，已经过去了几个星期，可能快一个月了。这段时间我换了几条裤子，每次都小心翼翼地把小纸条从右手裤袋拿出来，转移到另一条裤子的同样位置放好，这样我就不会忘记它在哪里。看到波特坐在棕榈树丛中，半掩在小喷泉后面，我便把手插在裤袋里，踱步到小庭院，停下来跟他打招呼。

他漫不经心地从书里抬起了头。

"是你啊。"他认出了我，说道，"最近怎么样？"

"好得很。"我说，"你怎么样？"

"嗯，挺好的。"他用食指扶了扶眼镜，目光微微上下闪动，显然是想要继续看书，但他是个彬彬有礼的人，依然尽力向我挤出一个友好的微笑。我不想让他觉得我是个不识趣的人，人家想要静静待着，我还赖着不走。于是我假装继续散步，但随即停下来，像是顺便问了一句："你的新住处找得怎么样了？"

这招奏效了。他的神情生动了起来，把书合上，留了一根手指夹在原处，像是决定要休息片刻。

"挺顺利的。"他说，"我们昨天去看了一套很漂亮的公寓，有四个房间和一个小花园。和隔壁挨得很近，不过花园里的花开得很旺，不会看到别人家里面。房子有两层楼，从顶层往下看可以看到公园。外面还有一个大型体育场，附近有日托所和学校，那个社区里住的很多都是有孩子的人家。"

一想到住在那样的地方，我突然不寒而栗：被一户户人家包围着，吵闹嘈杂的声音弥漫开来，像发酵的面团一样膨胀四溢。那些想要独善其身的人被淹没其中，他们不想与人交流，也无力融入，更不想四处张扬，于是只能销声匿迹，被粉碎成了虚无。但波特现在打开了话匣子，还在滔滔不绝地详细介绍这个可爱宜居、儿童友好的住宅区，我便硬撑着压抑自己的情绪，尽量不让自己感到烦扰。我从右边的口袋掏出了纸条，紧紧攥在手掌和小指、无名指、中指之间。波特还在继续谈论着，讲到公寓，讲到它的实用设计，讲到他们打算怎么装饰儿童房，还讲到了他伴侣肚子里双胞胎的 B 超扫描。

"你想看看吗？"他说，"我带着呢。"还没等我回答，他就从身后的口袋里掏出了一个钱包。

换作平时我可能会犹豫一下，或者直接拒绝，找个借口说我有事要忙。有效用人肚子里胎儿那些模糊的超声图像，我已经看得太多了。但我当然意识到，我不能让这个绝妙的机会从指缝溜走。

于是我挨着波特在长椅上坐下来，他把那张模糊不清的小照片递给我。我假装兴致盎然的样子，用右手的拇指和食指接过来，其他手指还攥着我的纸条。他指了指照片上，一片线条和阴影中间两块浅色的扇形区域，我点了点头，说了几句"太奇妙了"之类的话。我还问他双胞胎现在多大了，是不是很期待当爸爸，他向我一一回答解释，我们就这样聊了起来。我们坐在那里俯身看着小照片，就在这指指点点、你问我答之余，我把那张皱巴巴的纸条塞进了他的手里。我立刻抬头看他，他没有露出惊讶的神色，只是微不可察地点了点头，还眨了一下眼。我想他已经明白了，我的兴致盎然只是一种伪装。当我们看完照片之后，他把照片和纸条一起塞进钱包，放回了口袋。

过了几个星期，我再次遇到了波特。这次是在晚上，在E4区。爱丽丝住在那里，她从图书馆借了一张DVD，邀请我、埃尔莎、莉娜和薇薇一起看电影，还可以吃些自制的水果蛋糕、喝点儿茶。

这是一部狗血的浪漫喜剧电影，充斥着混乱和误解，最终以一场婚礼告终。片尾字幕一出来，埃尔莎和薇薇就走了，最近她们两个总是单独待在一起。我想要回去找约翰内斯，所以在埃尔莎和薇薇离开不久，跟爱丽丝道过谢，就往回走了。就在这时，我在出去的路上看到了波特在洗衣房里，正在鼓捣地板上的排水管。

"堵住了吗？"我说着在门口停了下来，犹豫了一下，靠在了门框上。

"是啊，"他叹了口气，"而且这周是第三次了。"

于是我们就在那里站了一小会儿，更确切地说是我站着，他跪着。我们聊了聊水管堵塞如何疏通的话题。以前我房子的排水管老旧又狭窄，就经常堵塞，所以我给了他一些解决问题的小技巧，还有防止以后再堵的妙招。

"下水道通好了。"他把下水道上面的格栅装回去的时候说着，"至少这次是通好了。"他起身掠过我往外走去，道别的时候一张叠好的纸条滑到了我手里，我偷偷装进了口袋。

时间还不算太晚，但我回来的时候约翰内斯已经睡着了，还留着厨房水槽上方的灯。我听见卧室里传来他睡梦中的鼻息声，算不上是鼾声，但也不是普通的呼吸声。他听上去像一个正在做梦的小孩儿，就像我的弟弟奥利。

奥利四岁、我九岁的时候，我们一起去小屋度假，我跟奥利还有艾达住一间房。他的声音听起来就像夏末的风在一片玉米地里低语，让我感到平静、安心。

我在昏暗中坐到餐桌旁。约翰内斯时不时地在睡梦中咂嘴，混杂着呜咽和低沉的呢喃（这听起来一点儿都不像奥利），然后又恢复了往常的鼻息声。除此之外，屋子里一片寂静，只剩下空调微弱的嗡嗡声。桌子上放着约翰内斯在海滩上捡的化石，旁边还放着一本杂志，书名我不记得了。我碰了碰那块石头，用食指划过圆锥体化石的轮廓，它曾经是某个动物，或者至少是某个动物的一部分。我把石头拿在手里掂了掂，合拢手指握在掌心把玩。它的手感很好，摸上去冰凉光滑。我放下石头，抓过杂志打开翻了几页，假装在读一篇文章。同时我另一只手在口袋里摆弄，尽力让这动作看上去是在挠大腿。我摸索着找到了波特给我的纸条，用食指和中指夹住，尽可能不动声色地抽了出来，在桌底下小心地展开。我故意把杂志摆在桌子边缘，然后迅速把纸条夹在了书页中间。接下来要做的就是翻阅杂志，直到翻到那一页。我翻到了，我把身子微微向前倾，一只手肘撑在桌子上，用手掌托着下巴，尽可能地把它挡住。

在黑暗中我看得不太清晰，过了一会儿才发现那张纸条写着什么。那不是一条留言，也不是一封信，上面也没有手写或印刷的字迹。那是两张照片。是两张彩色照片，并排打印在一张纸的中央。我稍微侧了侧身子，好让厨房的光线照在上面。

照片是在斯特恩和丽莎的花园里拍的。左边的照片里是约克和他们最小的孩子，小女孩脸颊圆圆的，一头卷卷的黑发，一双棕色的大眼睛，还有一个可爱的翘鼻头。约克嘴里叼着一个蓝色的球——看上去是个球，正昂着头向女孩跑去，看上去骄傲又勇敢。女孩穿着牛仔裤、长筒靴，一件蓝色的针织衫，胸前有一个大大的红色汽车图案，还戴着一条灰色的围巾。她大笑着，双手高高地举在头顶拍着手。她长大了，长得更高、更苗条、更结实了，去年秋天的时候，那件针织衫还是大她两岁的哥哥在穿。她和约克玩耍的草坪上铺满了秋叶，一片片的红色、棕色、黄色，还有一些黄白色的蘑菇正破土而出。秋风吹落了红的绿的苹果，被鸟儿吃了一半，正在腐烂。他们身后的背景里可以看到鸡舍，有两只斑点母鸡。鸡舍远处还能看到斯特恩的红色自行车，前杠和后座都放了儿童座椅。

右边的照片是约克和丽莎，坐在房子和花圃前面的长椅上。花圃里的几株玫瑰和金盏花还坚挺着，和爬满墙壁的深红色常春藤交相辉映。他们面对着面，丽莎的一只手搭在约克背上肩胛骨的位置。约克的耳朵向前立着，丽莎眉毛微微上扬，他们的嘴巴都微张着，看上去像是在唱二重唱。这张照片很有意思，看得我大笑了起来。我的内心也爆发出另一种大笑，是混杂着悲伤的如释重负，在胸口横冲直撞，就要冲破胸骨喷薄而出。但我不能发泄出来，这份释然太过庞大、太过痛苦，我无力承受。

我把印着照片的纸折好，偷偷放回了口袋里，起身关掉了厨房里的灯。然后摸着黑走到卫生间，洗了澡、刷了牙，摸到卧室，脱掉衣服钻进被窝里。约翰内斯还在酣睡，我凑过去紧紧贴着他。

　　我一直没弄清这两张照片是从哪里来的——是波特去那里见了丽莎、女孩和约克，亲自给他们拍了照片；还是斯特恩、丽莎又或是其他人给他寄过去的？那之后我还会时不时地碰到波特，但一直没有抓到机会问他。我所能做的也只能是点头微笑，感谢他不辞麻烦帮我这个忙。不过，根据季节和女孩长大的样子来看，这些照片是最近才拍的。知道这些就已经足够了。

二十一

外面世界正庆祝着圣诞节。如果你打开电视机、收音机、报纸，立刻就能感受到这一点。处处都是圣诞的景象：铃铛叮叮作响，到处能看到降临节日历，销量纪录的新闻报道，有关缓解压力的文章，圣诞礼物广告，圣诞大餐攻略，正绕着圣诞树跳舞的唐老鸭，还有圣母玛利亚、婴儿耶稣和马厩上发光星星的故事在展出。

但在储备银行这里，却是一片幸福的无圣诞区域。在假期之前、期间和之后，一切都是照常运作，并没有被圣诞淹没。这里没有闪烁的灯光，没有降临节蜡烛，商店里没有播放圣诞音乐，运动中心没有缩短营业时间，FS教练头上没有戴圣诞帽，没有特别的圣诞配乐健身课。

所有的餐厅、艺术画廊、电影院、剧院、商店都照常营业，没有额外的装饰，没有特别的圣诞菜单，没有12月26日的儿童观影早场，没有圣诞和新年期间的折扣季，没有新年庆祝活动，也不会有主显节①前夜，不会在你以为这一年终于落幕时，有一

---

① 每年的1月6日。

位神带着轻蔑的笑容出现在你面前。

然而，新年确实到来了。这是无法回避、不容忽视的事实，年份的末位数字已经变了。逝者如斯，无可奈何。很快我就要五十一岁了。约翰内斯刚满六十四岁，对于无效用人来说已经算很老了。当然，他没觉得自己老，我也感觉自己前所未有的年轻。大概是因为我在这里被人需要，我在爱人，也有人在爱我。

我的小说已经差不多完成了，还在做最后的润色。我通读了一遍，做了一些小改动，再读一遍，又做了做改动，不愿完结这一工程。

约翰内斯笑话我，说我是"母鸡妈妈"。这天晚上，我们躺在床上，赤诚相对。

"你难道不会这样吗？"我问他，"当你差不多完成了一件事，并且知道马上就会结束，并要开始去做新的事情的时候？"

"我也会。"

"那不就得了！你为什么要笑我呢？"我调皮地捏着他的乳头。

"因为很有意思！"他回答我，回捏了我。

"哎哟！"我叫道。

"没这么疼吧。"他说。

"不疼。"

"那你叫什么？"

"因为很有意思！"我回答着，下一秒他就把我压在了身下。

在那之后，我们就睡着了，我又做了那个梦，梦到约克、木棍和沙滩。在梦里，约克有时变成了约翰内斯，伴着海浪的拍打和咆哮，张开双臂迎风向我跑来；有时是约翰内斯在扔木棍，约克把木棍叼回来，我们一起夸奖它。然后一起回到了我家，约翰内斯把一些装裱好的照片往墙上挂，我问他："这些是什么照片？"他回答我："你看不出来吗？当然是我们的孩子啊。"

这一次的梦变得更加清晰鲜明。约翰内斯的声音很近，很真实，就好像我们在同一时间做着同一个梦，我们真的在对话，真的在梦境里讨论了那些照片。

第二天，我不再改小说了，决定现在完结它。我把它刻在一张 CD 里装进纸板套中，写上了小说题目和我的名字。但我不知道要怎么处理它，就把它放在了桌子上。

然后我开始构思一个新的故事。但进展非常缓慢，每次开始新项目的时候总是如此：缓慢、沉重、犹豫不决，就像费劲地蹬着一辆自行车在陡峭的山坡上攀登，生锈的链条随时可能断裂。

最重要的是，我最近开始感觉很疲惫，乏力头晕。一开始，我以为是因为自己参加了一项新的体育锻炼项目——当然我还是很感激的，毕竟和吃药、打针、摄入各种溶液、气体的实验相比，这个项目要健康愉快多了。这次他们测量的是肌肉量和摄氧量。我们这批被选中的参与者，做了第一次的初步测试，他们说我的身体健康程度相当于二十岁的人。可是现在，项目进行了才几个星期，我就感觉虚弱不堪，有时几乎要晕倒了。我担心是因为没有摄入足够的维生素和矿物质，或者是脱水了，所以努力改善了饮食，但还是无济于事。

有一天早上，我醒来的时候感觉一阵恶心，冲到洗手间里吐了。我吃了一个三明治，喝了一杯牛奶，才感觉好多了。但我还是很累，晕晕乎乎的，一直到了晚上又感觉很不舒服。不过和之前一样，吃完东西又好受了。但第二天早上，我又吐了。

这样的症状日复一日地持续着。几个星期后的某天下午，完成了训练项目之后，我想着从医院绕到药房去做个妊娠测试。

药房的助理看上去很惊讶。

"我去看看我们有没有。"他说完就消失了。离开了好一会儿，终于拿着一个小盒子回来了，里面装了一个自制的验孕棒，还带了详细的使用说明。

我回到家，一个人过了夜，第二天早上验了尿液。结果是真的。不管这听起来多么难以置信，但我真的怀孕了。我和约翰内斯要当父母了。

那天早上我没做多少事情，只是在自己的公寓里面徘徊。我走进卧室，又走出来，绕过餐桌和简易座椅，走到书桌前，摆弄了一会儿电脑。我看到马伊可的畸形胎儿画作，吓了一跳。我转过身去走进小厨房，打开冰箱门又关上。我倒了一杯水，又绕着餐桌走了一圈，把一口没喝的水杯放下，慢吞吞地踱进卧室，又走了出去。如果这里有一扇窗户，我一定会站在窗边，理一理自己的思绪，平复一下心情。可是这里没有窗户，所以我没办法让自己冷静下来。

那天下午我像往常一样去参加了体能训练，然后回家吃了东西，想要睡一会儿，但根本睡不着。我太亢奋了，感到头晕目眩，猛犯恶心，内心简直喜出望外。

那天晚上，一走进约翰内斯的公寓门，我就说道："我终于知道为什么最近这么难受了，现在还是很难受。"

"哦？……"约翰内斯担心地皱起了眉头，我几乎是喊了出来："我怀孕了！你要当爸爸了！"

一开始他理所当然地以为我是在开玩笑。当他终于意识到我的认真和激动不是演出来的，我不是在骗他时，他双手握起我的手亲吻着，然后又亲了亲我的额头，轻声说道："我的爱人。"

他抱着我，我的额头靠在他的锁骨上，他的脸颊贴着我的耳朵，一遍又一遍地轻声重复着同样的话："我的爱人。我的爱人。"

他松开我的时候我看了他的脸，他的眼里闪着泪光。我想他一定是被感动了。

后来我们缠绵在了一起，在黑暗中躺在床上，正要入睡的时候我听见他哭了，沉静又压抑。我转过身轻抚他的脸颊，问他怎么了，是不是不舒服。他回答说他很好，只是太开心了。

"我是喜极而泣了。"他说。

但他的声音听上去并不开心。

然后我告诉了他我做的梦，我梦到他、约克和我在沙滩上，然后一起走进我的房子，在梦里那是属于我们俩的房子，我还说了他正把我们孩子的照片挂到墙上。

"太美好了，"他说，"好美的梦。"

"现在它就要成为现实了。"我说。

他没有说话，只用双臂搂着我，紧紧地把我箍在怀里，让我几乎喘不过气来。

二十二

第二天下午去参加训练项目的时候，他们让我直接去了诊所。我意识到肯定是因为我怀孕的事，前一天晚上去药房，以及和约翰内斯的对话，自然都是被监听设备和监控摄像头记录下来了。

我在接待处报了到，接着就被带到了一间小办公室里。阿曼达·约斯托普医生和单位主管佩特拉·伦海德在里面等着我。阿曼达穿着白色外套，佩特拉穿着深红色外套，她们并排坐在一张桌子后面。

"坐吧，多丽特。"佩特拉说着，脸上的表情既友善又严肃。

我在她们对面坐下。

"我们注意到了，"佩特拉说，"你的孕检结果是阳性。"

"是的，确实是。"我说。

"你得做一个妇科检查。"

"当然。"我说。

"我们最好现在就做。"阿曼达说着站起了身，咧了一下嘴，我猜她应该是想要笑一下。我突然感觉有点儿紧张，但不是因为检查，我早就已经不担心妇科检查了，也丝毫不觉得尴尬。

　　紧张有别的原因，是阿曼达强扯出的微笑，是佩特拉刻意的友善，是这个屋子里的氛围。

　　"往这边走。"阿曼达说着，我跟着她走进了隔壁的房间，角落里有一把妇科椅，旁边的矮桌上放着电脑，还有一张不锈钢的高桌，陈列着一些医疗器械。房间对面的角落里还有一个屏幕。

　　"你过去把衣物脱到腰部，我去叫护士过来。"阿曼达说道。

　　我躺到椅子上，双腿分开踩在马镫上。阿曼达一只手伸进我的体内，另一只手按压我的下腹。她在两侧都轻轻地按了按，还跟护士嘀咕了几个拉丁语单词，我想象她是正用手托着我肚子里的胎儿。然后她把手拿开，对我说："没错，看起来你确实是怀孕了。你有参加过什么激素实验吗？"

　　"据我所知，没有。"我回答道。

　　"这样的话，这个情况确实是不可思议。通常情况下，哪怕是你到五十五岁才绝经，实际上四十五六岁以后就不可能怀孕了。"

　　"我知道。"我说。

　　"但那是通常情况下。"她又补充道。

　　"我知道。"我重复了一次，我在想我还要在这把椅子上躺多久。

"在通常情况下，"阿曼达还站在我双腿之间说着，仿佛是在训斥我的子宫，"哪怕是你四十五岁之后还有月经，身体也不产生卵子了。"

"我知道的。"我说道，"我可以穿衣服了吗？"

"当然，你收拾好就到隔壁房间找我和佩特拉，我们聊一下。"

她们又坐到了桌子后面。我再次在对面坐下，佩特拉一脸真诚地看着我的眼睛。

"我想你可以理解，这件事对我们来说很震惊。"她开口了。

"是的，对我来说也很震惊。"我试图挤出一个微笑。

"你有……"佩特拉清了清嗓子，"你有两种选择，多丽特。"

"什么？你什么意思，选择？"我说道，"如果你以为我会选择堕胎，那可就想错了。我永远不会打掉我的孩子，永远不可能！"

我在外面有一个朋友，她在四十七岁的时候怀孕了，医生建议她堕胎。她的名字叫梅琳达，她告诉我这件事的时候解释说，所有四十岁以上怀孕的女性，不管是否已经有孩子，医生都会建议堕胎，"以防范所有可能出现的风险"。

仔细想想，其实也不难理解。毕竟母亲的年龄越大，孩子罹患各种畸形、紊乱失调的风险就越高，也更容易出现早产和其他并发症。如果提供精子的男人年龄也比较大，那孩子成年之后患上精神分裂症的风险也更高。

但从概率上来说，这些风险的增高对个体的影响其实非常小。比如约翰内斯这个年龄，可能会让我们孩子患精神分裂症的风险高出 0.5%；而我的年龄对孩子患上唐氏综合征的概率影响也仅此而已。不过医生建议堕胎，并不是出于为产妇个人考虑。早产、患有精神障碍或是成年后患上精神分裂症的这些孩子，会耗费大量的社会资金；因此，如果能把缺陷和并发症的总量降到最低，就可以创造相当可观的经济效益。而每年都会有几百个孩子，最终完全给社会经济带来了损失。

梅琳达收到了白纸黑字的通告，告诫她如果执意生下的这个孩子患有某种功能障碍，将会给社会造成多大的损失。她给我看了计算结果，确实传达了一个非常清晰的结论：将会造成数以百亿计的损失——这还仅仅是一个功能障碍患者从零岁到五十岁的开销。梅琳达陷入了绝望，说道："我不想成为社会的负担。我当然希望自己在各个方面都是有效用的，我希望我的孩子也是有效用的，而不是终其一生成为社会的累赘。每个人都想过有尊严的生活，不是吗？每个人都希望被尊重，也希望自己的孩子被尊重。可是我想要这个孩子啊。孩子已经被创造出来了，就活在我的体内，这一定是有意义的。不管是早产还是失明，还是有其他的功能障碍，也都是一个孩子，是一个人。我们生活在民主国家，我有权利生下他。"

然而梅琳达最终还是堕胎了。因为她已经有两个健康的孩子，已经是有效用人了。

可我不是。我下定决心要生下我的孩子，去照顾，去抚养，不计任何代价。我想要跟约翰内斯和孩子一起组建家庭。我想要过一种正常的生活，与人建立深厚、交错的人际关系，无论幸福或悲惨，直到死亡将我们分离。我想要感受真实，感受归属感。说实话，我根本不在乎有没有尊严、受不受尊重，也不在乎是不是要浪费纳税人的巨额资金。我只想要我的孩子，我的家庭，我的人生！所以我立马对佩特拉竖起戒备，坚称自己永远不会打掉孩子。

但她并没有这个意思，堕胎不是我需要做的选择。

"你不用堕胎，"佩特拉说道，"至少我们得先采集一下羊水的样本，你会明白，这是很有必要的。另外还要做各种测试，现在我们已经可以用相对低风险的方式来检测出孩子的很多缺陷和问题了。对不对，阿曼达？"

阿曼达点了点头。

佩特拉继续说道："我们应该好好把握这个机会。我的意思是，你都这把年纪了。"

我们，哪来的我们？我觉得这整件事里唯一的"我们"，就只有约翰内斯和我。但我什么也没说，不想让佩特拉和阿曼达察觉到我的慌乱。

佩特拉现在切入了正题，她的语速很快，像是要速战速决："你可以选择把胎儿捐出来做移植，或者足月分娩，然后找人收养。当然，对孩子来说后者是最安全的选择，但对你本人来说可能是最痛苦的，所以你要考虑清楚。但不管怎么选择，你都可以了解到孩子收养人的信息，就跟其他的捐赠一样。而且如果你希望的话，我们可以让你持续接收孩子在新家庭里的情况。"

我惊得合不拢嘴，心想：她是个傻子吗？我坐直了身子，清了清嗓子，一字一句地说道："你没听懂我的意思。我没有打算放弃这个孩子。孩子是我的。是我和约翰内斯的孩子。我们是孩子的父母。我们既不会选择移植，也不会送养。我的意思是，我们已经不再是无效用人了，不是吗？我们成为有效用人了。"

"不是的，多丽特。充其量，你的孩子算是有效用人。而你，依然是无效用人。至于约翰内斯·阿尔比……"

她停了一下，盯着我——突然流露出一副惊恐的样子，这让我很不解。她害怕我？我不理解。她深吸了一口气，换了个说法继续讲。

"你必须明白，"她用恳求的语气说，"在你这个年纪，多丽特……你觉得你真的适合当母亲吗？"

"我看不出我比其他母亲差在哪里。我的年龄也可以是一种优势吧？我有丰富的人生经历，强烈的自主意识。我逍遥过了，所有的年轻气盛和自我迷恋都已经褪去了。而且精神和身体都非常强健。前不久他们还说我的身体状态像二十岁的人一样。"

"这不仅仅是健康的问题。"佩特拉打断了我。

"我也没这么说。"

佩特拉一脸苍白，脖子上还起了红斑。她转向阿曼达，像是在寻求帮助。可阿曼达爱莫能助，既帮不上她，也帮不上我。她沉默地坐在那里，抿着嘴唇，低头盯着桌面上的文件。佩特拉又转身面向我。

"首先，"她说，"人的寿命是有限的。在过去的几个世纪里，人类的平均寿命是有延长的，但最近几十年几乎没有变化，说明我们应该是已经达到自然寿命的上限了。至于延缓衰老的药物，已经被证明了存在很高的健康风险，所以也无法公开上市发行。其次……"

我打断了："在约翰内斯或者我去世之前，这个孩子有足够的时间可以长大成人。"

阿曼达从文件里抬起头来，佩特拉张嘴想要说些什么，但我提高了音量继续说着："我们可能活不到见到孙辈的时候，但我们完完全全有时间去承担起父母的责任。我们俩都可以。

虽然约翰内斯比我大十三岁，但他还像三十岁的人一样精力旺盛。"

话说到这份上，佩特拉的脸色已经煞白，嘴唇抿成了一条粉红色的细线，脖子红得像被人泼了开水。在我看来，她的表情中混杂着强烈的愤怒，以及权势者意识到权威正在崩塌的恐惧。换句话说，我认为在这场对话里自己占据了上风，而佩特拉正在丧失掌控权，在我无懈可击的逻辑面前行将崩溃。她又一次求助地看向阿曼达，但阿曼达再次避开了视线，低头盯着她的文件。佩特拉看着我，吞了吞口水，然后平静又缓慢地回答我，像是在试探："可是多丽特，你有没有想过，你们的年纪已经跟孩子朋友的祖父母差不多大了？孩子可能会感觉自己是个异类，会被排挤，甚至可能被霸凌。除此之外，无效用人父母很难给孩子树立一个好榜样。"

"不存在无效用人父母，佩特拉。"我得意扬扬地说道，"这个等式不成立。"

"无效用人的标签会一直存在。"她说。

"什么标签？我可没有标签。你能看到标签吗？"我摊开双手说道。

"你们不会是孩子的好榜样。"佩特拉的脸色还是像床单一样煞白，她依旧小声说着，不过声音有点颤抖，"你们会……"

毋庸置疑，她现在对我心存敬畏，而且处于绝对劣势了。

我靠在椅子上，任由她说了一会儿。顺畅地说了一阵之后，她的声音又变得没有那么颤抖低沉了，逐渐恢复了平静，又回归了原来的她："你们会从某方面变成孩子的负担，多丽特。会成为一种……耻辱。这是事实。你们俩一起创造了这个孩子，这当然是非常……了不起的。如果你可以坚持挺过孕期，撑到孩子足月，那这都是你的功劳。当然，你不用经历顺产，我们会帮你定一个日子在 C 区做剖宫产，到时候可以全麻，你什么都不会知道。储备银行管理层会用尽一切方法向你表示感谢。简单地说就是，会有……你会受到一些优待。但是，有一个很明确的'但是'，那就是我们不可能让你当母亲。至于约翰内斯·阿尔比……"

她又停了下来，这次我做出了回应。

"什么？"我再一次慢慢地坐直了身子说道，"约翰内斯怎么了？"

佩特拉显然很紧张，或者是难过？心烦？她用几近窒息的声音说道："他……他还没有告诉你吗？"

"告诉我什么？"

她呆呆地盯着我，那样子愚蠢而又绝望。

"一个多星期之前就已经决定了。"她说。

"决定什么？你在说什么？"

话至于此，我应该已经明白她想要说什么，这是她从刚才就一直想说的话。我不笨，我早就应该意识到了。但有些事情就是这样，纵然像巨浪般显著地在眼前忽隐忽现，可我们还是无从把握，因为它们太过庞大，将我们淹没其中。

佩特拉说："我……我真的很抱歉，让你通过这样的方式得知，多丽特，但现在对他来说可能已经太迟了……"

她再一次停了下来。

"倒是说啊，你这个女人！"我大喊道。

然后阿曼达·约斯托普从文件里抬起头，飞快地瞥了佩特拉一眼，朝我说道："佩特拉想告诉你的是，约翰内斯·阿尔比今天下午被带去捐肝了，捐给了一个有三个孩子和六个孙辈的木匠。我们很抱歉。"

二十三

我跑了出去。我沿着走廊跑进诊所，路过一个又一个诊室，把护士、医生、病人、清洁工和其他吓了一跳的人甩在身后。我飞跑着穿过候诊室，经过接待处，推开消防出口的门，电梯太慢了，我沿着螺旋楼梯往下跑。我的脚步声在空荡荡的楼梯间里回荡，回声撞在墙上，反弹进我的大脑，和那些话的回音混成一片：

还没有告诉你……一个多星期之前就已经决定了……让你通过这样的方式得知……

我冲进另一条走廊，跑下另一个螺旋楼梯，跑过第三条走廊——沿着游泳池边跑。我一圈一圈地跑着，那些话也在我脑海里一圈一圈地盘旋。

对他来说太迟了……去捐肝了……木匠……六个孙辈……我们很抱歉……

这些话，这些回声，这些楼梯，让我头晕目眩，我跟跟跄跄进入另一条走廊，下了最后一道螺旋楼梯，到了地下室上层的涵洞，最后穿过大楼沉重的金属门，来到了外科。

有人在等我——肯定会有人等着我，毕竟摄像头一直在盯着我，佩特拉自然也知道我要去哪里，肯定早就通知到了他们。两个穿着绿色手术服的青壮护士拦住了我。他们筑起一道人墙挡住我的去路，就像防暴警察那样，只不过头上戴的不是面具和头盔，而是口罩和防护头盔似的手术帽。其中一个摘下了口罩，露出了嘴唇上的一大块胎记。他说道："事情已经发生了，多丽特。约翰内斯·阿尔比已经躺在手术台上了。我们很遗憾。"

我盯着他。我盯着他的胎记，那是一块黑色的印记，像黑巧克力一样，直径大约有四分之一英寸①，呈完美的圆形。它看上去很不真实，像是画上去的。如果我是他，肯定会把它切掉——更何况他的工作环境里净是外科医生和手术刀。我收起目光，猛地弯腰向两个护士中间冲过去，试图穿透这堵人墙，突破这道"活体防爆盾牌"。当然，我没能成功，他们身材太魁梧、太强壮了，而且是有备而来——另一个护士口罩都没来得及摘，就把我抓住了。他把我的手臂扭到身后，从后面紧紧抓住，我不得不向前倾着身子，只能看到自己的腿和鞋子，还有脏兮兮

---

① 约 6.35 毫米。

的绿色地板。我挣扎着想要挣脱，但他抓得更紧了，把我的上臂都抓疼了。

他贴着我的后颈，说话的声音异常温柔："我说事情已经发生了，你没听到吗？"他看似是想安慰我，尽力让自己的声音显得平静，和他警察般的捕获形成了鲜明的对比。他继续说着，还是那样温和的声音："你什么也做不了。麻醉医生已经让他的大脑死亡了。约翰内斯·阿尔比已经不在了，已经在临床意义上死了。"

我最后挣扎了一下，但发现只是白费力气，于是放弃了。他肯定也从我的肢体上感觉到，所以才松开了我。我抚平衬衫，面向那两个人，揉着手臂尽可能克制地说："那我也想见他。"

"没有意义。"那个声音温柔行为却像警察捕获罪人一样的护士说着摘下口罩，露出尖尖的鼻子和薄薄的嘴唇。"他已经没有生命了，"他继续说着，"哪怕他看起来还活着。但他的呼吸是靠呼吸机维持的，心脏还在跳动，血液还在充氧，但并不是真的活着，你很清楚。他已经没有任何知觉了。他听不到，也感觉不到。"

"但我有知觉。"我说，"让我见他。"

"他们正在做手术，准备要切除肝脏，工作组已经在大楼外面的直升机上等待交接了。你现在不可能进去的。已经太迟了，我很抱歉。你必须回去，回到家里去。如果你需要的话，我们可以帮你约心理医生急诊。你的心理医生是谁？"

"我不需要任何心理医生。我只要见约翰内斯。这是我唯一的需要，唯一的要求，也是我唯一会同意的事。否则的话，我就自杀。我可以向你们保证，我很清楚怎么样快速有效地自杀，你们根本来不及阻止我，也根本救不了我。"

我知道我是一个很有价值的无效用人：身体非常健康，学识丰富，状态良好，几乎所有的器官都还在，最重要的是我还怀着一个孩子——新的人力资产。我真可谓是价值连城。他们不可能冒险失去我。

嘴唇上有胎记的护士说道："也许我们可以争取一下。肝脏摘除完成之后，他们可能会同意让你进去一会儿。"

"但是他们还要摘……"一副警察相的那位护士说道。

"是的，但不着急，""胎记"打断了他，"反正大部分器官都是要进银行的。"

银行，就是他们保存那些器官和组织的地方。约翰内斯身体的其他部分，只要还有医学价值，都会被取下来保存在那里：一些剩余的重要器官，以及角膜、心脏瓣膜、骨骼和其他组织。所有有用的部位都会被摘出来，泡在营养液里或者被低温冷冻保存起来。这些都是常规程序，遭遇事故或暴力事件导致脑死亡的有效用人也是被他们这么处理的。

护士们把我带到一个小休息室，在我身后关上了门，然后从外面试了一下把手，大概是为了确保门是锁着的。

房间里有一张床、一把椅子和一张桌子。还有一扇窗。是的，一扇窗，一扇真实的窗户，从窗口可以俯瞰公园。公园里下过雪了，这是冬天。公园里有一个结冰的池塘，冰层中间有一块缺口，鸭子、鸂鶒和其他水禽在那儿来来往往，像冬泳者一样快速游动着。池塘的一部分被灌木丛和高大的树木环绕，白雪像小帽子一样盖在灌木丛上，似一张柔软闪光的床垫。一阵风吹过树梢，雪花像筛落的糖粉一样飘落而下。

事情有点不对劲：我明明是在 K1 层，这是地下层，现在却在平地以上。但毋庸置疑，这是一扇真实的窗户，外面是真实的景色，走过去还能感觉到窗户缝里溜进来的气流，是带着冬天气息的冷风。我下意识握住了窗户的把手，想把它往上打开，但是却锁上了。我放下手臂，直直地立在那里，凝视着这片白色，这片现实，这个外面的世界。

最后我终于从窗边回过神来，慢慢地扫视了一圈墙壁、天花板、角落、家具、灯管，如我所料：这里没有摄像头。至少我能看见的地方没有。有的话除非得是像针头那么小的摄像机。很显然，那两个护士并不担心我会自杀，反而是更怕我会大闹手术室。

"胎记"回来了。

"说好了，"他说，"但还要再等一个小时，你要在这里等着。我们接到命令要把门锁上，希望你理解。"

我点点头。

"你等的时候要吃点东西吗？咖啡？茶？三明治？"

"不用。"

他退了出去，正要关门的时候我改了主意。

"其实我有需要，我要一张申请表，你知道的那种。"

"哪种申请表？"

"想要尽快做最后捐赠时填的那种。"

"胎记"脸上闪过一丝惊愕。

"你确定吗？"他说，"你……你不是怀孕了吗？"

我没有回答，只是久久地凝视着他。他避开了视线，我想他应该是感觉有点儿尴尬，好像觉得自己问的问题有点儿傻。

他走开了，回来的时候手上拿着申请表。然后便出去了，留下我一个人。我在桌子前坐了下来。第一个问题是：

1. 你的申请事项是：

☐ A. 申请转到其他区。（跳到问题2）

☐ B. 申请转到其他储备银行。（跳到问题5）

☐ C. 申请做最后捐赠。（跳到问题8）

☐ D. 申请推迟最后捐赠。（跳到问题9）

我选了 C，然后继续看问题 8，这一题我选了 A：

8. 我希望进行最后捐赠的时间是：

☐ A. 尽快。

☐ B. 自以下日期之后起效：＿＿ 年 ＿＿ 月 ＿＿ 日。

在申请表另一面底部"其他信息"的下面，我写上了：

我已怀孕六周。要求最终捐献的同时进行胎儿移植或堕胎。

接着我签上名字，写上了身份证号和日期，然后把椅子转向了窗边。我坐在那里等待着，看着窗外的池塘、树木、雪和鸟。看着一只雄性野鸭浮出水面，抖了抖身子，水滴在它身边漾成圈，然后摇摇晃晃地走过冰面，跌跌撞撞地穿过崎岖不平、湿滑的河岸，滑倒了好几次才终于爬到了白雪皑皑的平地上。

它在那里停留了几秒，像是喘了口气，接着踩着橙色的脚掌在雪地上蹒跚前行。它的脚丫看起来像雪地靴一样好穿，一点儿都没有把雪面踩破，直到它笨拙、毫无节奏地奔跑起来，扑扇着翅膀，扇啊扇啊，然后起飞了。它在池塘上空划出一道闪着光的绿色大圆弧，飞进了树林中，消失不见。

二十四

约翰内斯还在呼吸。或者更准确地说，是呼吸机在帮他呼吸。呼吸机是一台气泵，带着一根很粗的塑料管，连接着面罩，盖住了他的半张脸。呼吸机发出嘶嘶、咔嗒、抽吸的声音，有间隔地作响着。与此同时，呼吸机旁边的监视器也间歇地发出嘀嘀声，显示出一成不变的心率信息。

我坐在手术台旁边的高凳子上，穿着防护服，戴着塑料手套、发罩和口罩。约翰内斯身上盖着绿色的手术床单，只露出了头、脖子、肩膀和手臂，皮肤泛着黄色。床单下面蜿蜒着伸出各种管子，把不同颜色的液体送往不同的机器里。还有另一根管子，连接着他手背上的针头和床头板后面的输液瓶。

我没有理会他们的要求，摘下了塑料手套，隔着绿色床单，把一只手轻轻搭在他的左胸口。他的心跳一如平常。和往常一样，只是跳得更平静了，节奏像鼓点一样平稳，我的到来和触摸也丝毫没有影响到他，没有心跳加速，没有惊喜雀跃的小鹿乱撞，也没有短暂窒息的停顿。有的只是呼吸机的嘶嘶、咔嗒声，还有亘古不变的嘀嘀声。

我多么希望自己还生活在心脏被奉上神坛的时代。那个时候，人们相信心脏是中央器官，承载着所有的记忆、情感、能力、缺陷和其他特质，造就着每一个独特的个体。我多么渴望能回到那个无知的年代，那时候心脏还没有跌落神坛，还没有沦为一个重要却可被替换的器官。

约翰内斯的心脏在跳动，我能感受到他温热的体温和平稳的脉搏，但这只不过意味着血液还在他的身体里流淌。他还活着，但他已经不存在了。然后我俯下了身子，摘掉口罩，在他耳边轻轻说道："为什么？你为什么不告诉我？为什么还说你很开心？为什么不让我陪你一起悲伤？那时候我们还有机会啊。"

当然，我没有得到回应。我直起身子，把手从盖着床单的胸口，向上划到裸露的肩膀和锁骨区域。他的皮肤如此温暖，跳动的脉搏让皮肤显得如此鲜活，以至于有那么一瞬间，我在期待他会伸出一只手轻抚我的脸颊，安慰我，就像一年前我们在迎新派对上初次见面那晚一样。我闭上眼睛，抚摸他的上臂、小臂，手指抚过粗糙的毛发，抚过他的手背，用双手捧起了他的手。

他的手柔软又沉重，除此之外和平时无异：宽厚、粗糙，像从事体力劳动的人一样，但同时手指修长又敏感，是钢琴家或者外科医生梦寐以求的样子。我把他的手反过来，摸了摸拢起的手心里面：深陷的掌纹，指根柔软的肉垫上光滑的老茧——那是手掌的护垫。我用指尖轻触他的指尖，它们曾经无数次热情地抚过我身体最敏感的部位。然后我弯下腰，亲吻了他的手掌。这时我闻到了——很近，那么近——他皮肤的气息，他身体的气息。我把这股气息吸入我的身体里。

"多丽特……"这个声音吓了我一跳，我睁开了眼睛，没有听到有人走进来。

我立刻坐直身子，松开了约翰内斯的手。我顺着声音的方向转过身去，是"胎记"。

"很抱歉。"他说，"但工作组要继续手术了。你必须……"

"好。"我说，"我知道。"我没有再看，也没有再碰约翰内斯的身体，而是从凳子上滑下来，跟着"胎记"走了出去。

走到手术室外面，他停了下来转向我，脸上带着佩特拉·伦海德最爱的那种诚恳的表情。

"怎么了？"我没好气地问道。

"你脸色很苍白，"他说，"看上去筋疲力尽。你可能需要找个人聊聊刚才的事。"

很奇怪的是，我丝毫没有觉得疲惫。但人生经验告诉我，经历创伤之后的反应有时会延迟到来，也许"胎记"已经从我的神色上看出来了，但我自己还没意识到。可我当时根本不想跟人说话，尤其是他好像在暗示那个人应该是他时。在这样的状况下，他那种人又能为我这种人做些什么呢？

他好像听到了我的心声，说道："你可能有所了解，这里所有的工作人员都接受过创伤修复培训。我们回休息室吧。"

其实我并不了解，但什么也没说，只是耸了耸肩，由着他把我送回那个俯瞰公园的小房间。

外面的光线有了一点儿变化。淡蓝色的暮光缓缓笼罩在白雪皑皑之上。

"坐吧。""胎记"说着关上了门，还检查了一下把手，确保门上了锁，像是一种条件反射，就像我刚才尝试打开窗户那样。

我坐在椅子上，他坐在了床上。我恶狠狠地瞪了他一眼——至少希望自己是恶狠狠的，我在犹豫要不要说出来，他上唇的胎记实在是个累赘，如果能把它切掉，对他自己和身边的人来说都是美事一桩。

他笑了笑，是很严肃的笑，然后说道："不用担心，多丽特。我不是想让你跟我聊你的感情和经历，只是想要躲开摄像头和麦克风——这个房间是一片自由区，是让工作人员放松用的，不会有人坐在那里监视我们的一言一行。我带你来是想给你这个。"

他从绿色短夹克的口袋里掏出了一张塑料小卡，递给了我。卡片正面有储备银行的标志，背面有黑色磁条，看上去像是一张信用卡或借记卡。

"我拿这个干什么？"我问道。

　　"我……"他欲言又止，目光移到了窗外。一盏路灯刚刚亮起，橙色的灯光和愈发浓厚的蓝色暮光融成一片。他清了清嗓子，继续说道："我想，你和其他无效用人一样，曾经已经失去一切。而现在你又一次失去了。所以我觉得……好吧，我就是没办法袖手旁观了。没错，你确实是无效用人，而且毋庸置疑的是，如果你付出足够的努力，原本是可以避免沦落至此的。可是，你也是人啊。而且现在还怀孕了，要是赶在一年之前怀上，根本都不用来这里。但无论发生什么，在民主社会，你都应该有权利抚养自己的后代——你和约翰内斯·阿尔比都应该有这样的权利。"

　　"胎记"停了一下，清了清嗓子。

　　"这个。"他指着我手里的塑料卡继续说道，"这是一张门卡。可以进入所有职员区域，所有的房间，所有在夜间对居民关闭的区域。最重要的是，它可以开启所有的出口。"

　　什么出口？我最先想到了这个问题。我盯着卡片，从来没有想过要试图出去，离开，从这里逃离。哪怕是刚来这里疯狂想念约克的时候，哪怕是几个小时前我推窗的时候，哪怕是发现房间里没有摄像头的时候，哪怕是看到野鸭穿过树林飞走的时候。甚至是感受着约翰内斯的脉搏，却意识到他已经不在了的时候，我都没有起过这样的念头。

　　"胎记"继续说："我没有把你的申请表递交到内部。相反，我自作主张把它扔进了碎纸机。我想要给你时间，让你再重新考虑一下。申请表随时可以再填，永远不会太晚。但如果你不填，而是同意把孩子生下来送养，就会有七八个月的时间不用参加实验，不会有其他事情影响你或孩子的健康。在这段时间里，你可以认真思考一下，制订一个逃跑计划，然后去实现它。"

他又停顿了一下，像是在给我说话的机会。可是我不知道要说什么。但我知道有些话我绝对不能说，那就是叫他把那块异常完美的胎记切掉。沉默了一会儿，他说："这张卡是私人卡，是我自己那张门卡的副本。当然，什么时候用，要不要用，取决于你自己，我只想给你这个机会。如果你要用，就刷一下那个门边的读卡器。就像这样。"

他从床上站起身，从我手里拿过门卡走到门边，在门框边上的读卡器刷了一下。读卡器安装得很隐蔽，如果不是提前知道它长什么样、装在哪里，永远都不会注意到它。门框上悄无声息地出现了一个小窗口，上面有一个键盘。"胎记"飞快地输了一串密码，门发出了一声微不可察的咔嗒声。他按下门把手，把门打开了一英寸①左右，立刻又关上了。他走到床边，把门卡递回给我。

"好，"我说，"可是我去哪里找这些门呢？我从来都没

---

① 约 2.5 厘米。

见到过，除了刚才这个门。而且我怎么知道哪些是出口，哪些是通往职工区域的呢？"

"像广场、中庭步道、大宴会厅之类的大型公共区域，这种门都是通往楼梯间的。在楼梯间里，这种门则是通往休息室、员工室、更衣室、盥洗室这类地方。不用说，这些地方你肯定是要避开的。你要做的就是沿着楼梯下到大门处。你从来没有看到过这些门，是因为从来没有试过找出路，对吧？你从来没有找过逃跑路线，甚至连想都没想过。也没有这样的动机。"

我局促地哼了一声，念叨着："你是会读心术什么的吗？"

"不，我不会读心术。但我受过培训，知道他们用什么心理手段和权力游戏来控制无效用人居民。我懂他们的套路，我知道他们如何确保你没有动机逃跑。

"但一旦你真的有了动机，真的想要活下去，就一定可以找到这些出口。我知道这听起来很疯狂，但人类的心理就是这样的：我们往往只能看到自己有所准备和期望看到的东西。"

"可是然后呢？"我说，"假如我下定决心要活下去，设法偷偷地跑出去，你觉得我能跑去哪儿？我没有钱，没有住处，没有朋友，我怎么过日子？我去哪里生孩子？我怎么把他养大？"

"我不知道。""胎记"说，"但你会想出办法的。如果你有勇气和能力逃离这里，那我相信，出去之后你也会有勇气和能力养活自己跟孩子。你很坚强，我知道你可以做到。"

这句话我早就听过，早就已经听腻了。人们总是跟我说我很坚强，但我觉得这是一种轻蔑，而不是夸赞——随便它本来是什么意思吧。因为我曾经认为，也一直认为，没有人真的坚强。所有人都是软弱的。有的人确实比其他人更独立，但这并不代表他们很坚强。

不管坚不坚强，现在我手里拿到了钥匙。而我想，这把钥匙或许能助我一臂之力。

我们沉默了许久，"胎记"和我都没有说话。房间暗了下来，只剩下窗外积雪和路灯的光亮。但我还能看到"胎记"的脸，还能看到他的胎记。

"密码，"最后他开口了，"是9844。你要记住它，不要写在任何地方，不要告诉任何人。也不要跟任何人说起这次谈话。不管你做出什么决定，不管你最终到了世界上哪个角落。永远都不要说。"

我点点头表示听懂了，然后无比平静地说："我不知道说什么。你这样铤而走险，可能会把自己搭进去。万一我不小心把门卡弄丢了呢？万一我突然生病或者发生意外，他们必须脱掉我的衣服，然后发现了门卡呢？他们很快就能查到你身上，那你就麻烦了。"

"是的，那我就有大麻烦了，"他承认这一点，"所以我请求你要小心谨慎。是为了我好，也是为了你好。把密码记在心里。千万不要让摄像头拍到门卡，千万不要拿出来，免得别人好奇或者起疑心。保持低调、迅速、隐秘。如果情况脱离了你的掌控，好吧，那也没办法，这就是命。我永远不会怪你。"

我摆弄着卡片，然后把它塞进了口袋里。

"你说密码是 9844 吗？"我问。

"是的！"他笑着说，"如果你忘记了密码……"

"不会的。"我说。

"很好。""胎记"说，"现在回家休息吧。另外，好好节哀。"

最后他说出的这句话听起来不再是职业性的诚恳了，而是发自内心的真诚。

我们一起离开了休息室，这里应该是地下走廊，冰冷的霓虹灯刺痛了我的眼睛。剧烈的疼痛灼烧进我的脑袋，我的眼睛开始流泪。我含着眼泪，透过眩晕的目光向"胎记"道谢，感谢他抽出时间和我进行了这场受益匪浅的谈话。然后我离开了外科部，依然流着眼泪，穿过绿色涵洞，坐上了最先到的电梯来到中庭步道，最后换乘电梯 H。

我回到了 H 区，匆匆穿过休息室进入房间，冲进卧室倒在了床上。我把脸贴在枕头上，像胎儿一样蜷起腿抱在胸前，紧紧闭上了眼睛。

二十五

醒来的时候我是被冻醒的，冷得直发抖。夜已经深了，床头柜上的时钟显示 02:18。我起身摸了摸暖气片，是热的，几乎发烫。我走到房间的另一头，墙上的温度计显示七十五华氏度 [①]，毫无疑问，我身上的冷和房间的温度无关。

我想这应该就是延迟反应。人脑的运作能力让我惊讶不已：你可以完全被情绪摆布，以至于牙齿都在打战，同时大脑的另一部分还能冷静地推断出"这是延迟反应"。不仅如此，你甚至还能坐在那里感叹大脑的运作能力。

我睡着的时候是穿着衣服的。我把睡袍套在衣服外面，竖起领子，裹得紧紧的，把腰带也系上了。但还是不行，依旧浑身冰冷，快要冻病了似的。我颤抖着把椅子拖到壁橱前，站上去打开上面的柜子，拿出了我的旧外套——百分百纯羊毛的短呢大衣——也穿在了身上。然后我走到客厅，穿过小厨房，泡了一杯茶，加了热牛奶和蜂蜜。

我蜷缩在沙发里，把温热的杯子捧在手里。我盘着腿，盖

---

① 约 24 摄氏度。

着毯子，热腾腾的饮料散发出佛手柑和牛奶的香味，我把杯子举到嘴边喝了一大口，盯着黑色电视屏幕上自己模糊的灰绿色影子。我看上去像一个幽灵，又像一个古老的印第安人。我觉得我应该是像盘坐着的坐牛①的灵魂。

那天晚上我没有再睡。我化身成了守夜人，虽然并没有人需要我照看。一整夜我什么都没做，什么也没想——甚至都没想约翰内斯，没想我肚子里的孩子，也没想我口袋里的门卡。我就坐在那里喝茶，喝完之后捧着空杯子呆坐着。

渐渐地，我发现屋子里亮了起来。DVD播放器上的时钟显示着六点，七点，八点，九点。刚过九点，我就听到了一阵巨大的敲击声。我跳了起来，环顾四周。他在搞什么鬼？我想着。

"你在干什么，约翰内斯？"我问道。房间里又响起三记响亮的敲门声，我这才发现是有人在敲门。我想起来了，我是一个人过夜的，约翰内斯不在。我意识到这一切都是我睁着眼睛在做梦，在半梦半醒间恍惚了。我明知是如此，但还是有那么一瞬间，觉得约翰内斯没在我身边，那敲门的一定就是他，正准备进来跟我道早安。

但正如我说的，只是一瞬间而已，这个想法从我脑海中一闪而过，紧接着我就回到了现实。在这个现实里，约翰内斯已

---

① 美国印第安人苏族亨克帕帕部落头目。

经不在了。我试着站起来，但下半身好像突然变得巨大又沉重。敲门声又响了起来，我只能强打起精神把自己从沙发上拖下来。这下敲门声更响了，每次连敲三下，一共敲了三次。我终于站起来了，一阵天旋地转，只能扶着茶几撑住身子，眼前一片黑点在打转。敲门声响个不停，六下，七下，八下，九下，听起来很不耐烦。

"来了！"我大喊道，好不容易站直身子，摆脱了笨拙的短呢大衣，然后打开了门。

门外是佩特拉·伦海德，微微偏着头，满眼同情地注视着我的眼睛，用恭敬的语气轻声说道：

"我可以进来吗？"

这时候，同时发生了三件事。首先，我侧身迈了一步，让佩特拉从我身边走进屋里。然后，我的情绪苏醒了，就在我迈出那一步的同时，这些情绪就像猫一样瞬间从沉睡中醒来。我感受到的情绪，是对这个彬彬有礼的女人强烈的恨意，恨她刻意做作的亲热，恨她的职业同情心。最后，在我迈出那一步起，这种仇恨鲜活起来，一阵恶心像火山一样在我心里喷发而出。

"失陪一下。"我吐出一句，然后捂着嘴冲进了浴室，砰地关上门，掀开马桶座圈。哭嚎、抽噎伴随着呕吐喷涌而出，刺痛了我的嗓子，充斥着我的鼻息。我在那里站了好一会儿，弯腰伏在马桶上，眼泪鼻涕流个不停，身上每一个毛孔都在冒冷汗。

好不容易缓过来了，我擤了擤鼻子，把马桶冲了水。我艰难地直起身来，下背部感到前所未有的酸痛，僵硬又稀松，仿佛脊椎尾部正在碎裂。我只能一只手扶着腰，另一只手抓着水槽把自己撑起来。我打开冷水龙头洗了手，用手捧着水流，小心翼翼地俯身洗了把冷水脸，呷了一点水漱口。然后再次直起身子，痛得倒吸凉气，又用手扶着腰，迅速刷了一下牙，而且只刷了前面，免得牙刷戳到嗓子又呕出来。我把嘴里的沫吐掉，飞快地漱完口关掉了水龙头，用毛巾擦干嘴和脸。我站在那里，盯着水槽上自己的倒影：皮肤苍白，眼睛红肿，血丝满布，鼻子肿胀，脸颊浮肿，头发凌乱，敞开的睡袍里面衣服被汗水浸湿了，皱巴巴的。我徒劳地伸手捋了捋头发，捋了捋衣服想把它抚平。我的手划过裤子右边的口袋，隔着布料摸到了那张长方形的门卡。就在这儿，这是我的秘密。我没去想这是我的退路、我的门票，能带我走向自由、生存和孩子共同生活。我只想着，这是我的秘密。然后把睡袍裹回身上，系上了腰带。

佩特拉已经弄好了咖啡和两个芝士三明治。我在桌边坐下，由着她给我倒上咖啡，把一盘三明治放到我面前。

"你介意我坐在你的对面吗？"她用近乎恭顺的语气问道，我很想说是的，我很介意，你最好去走廊等着我叫你，再进来收拾桌子、洗碗，然后静静走人。当然我没有这么说，只是摇了摇头，有气无力地指了一下桌子另一边的位置。她拉开椅子坐下，沉默了良久。而我喝着咖啡，咬了一口三明治慢慢地嚼着。

新觉醒的仇恨现在已经被我抑制住了。它沉浸在水面之下，还醒着，只是在休息。之前它像猫一样醒来，现在又像猫一样歇息了：双目半闭，耳朵像潜望镜一样竖着，时刻捕捉每一丝细微的动静，每一声微弱的嘶嘶声、耳语和叹息。

我慢条斯理地吃完了其中一个三明治，佩特拉清了清嗓子。我没有理会她，低头盯着咖啡杯，然后端起杯子喝掉了最后一口。

"多丽特，"她用那标志性的平静、亲近的声音说道，"我很抱歉。真的，这一切我都很抱歉。"

"这一切？"我不可置信地瞥了她一眼，放下了手里的杯子。

"你正在经历的这一切，"她解释道，"以及你之前所经历的一切。我想，你们无效用人总是要承受不必要的痛苦。可你们又不是罪犯，并没有对任何人任何事造成伤害。必须承认的是，你们只是过着自己的生活，没怎么为未来或周围社会考虑而已。另一方面，你们总是过得很拮据，但大部分人都习以为常了。一些邻居可能根本没注意到你们的存在，你们中鲜少有人真的成了社会的负担——我知道你就没有。你们一直在逆风前行，与社会做抗争。最后你们就来到了这里，这段时间的情况都还很不错，而你……"

她停了一下。

"……还活着。"我替她补充了，她脸上泛起了一阵暗红。
她又清了清嗓子，继续说道："但有时候你们之中的一些人，
会遭遇不幸。就像你现在经历的这样。我很希望你可以免受此
苦。我也很希望能有其他的解决方法。或许可以有不一样的政
策，一种不太受经济因素驱使的政策，一种有点……"她欲言
又止，靠近桌子偷偷瞥了我一眼，然后小声地说，"……其实
有点儿类似计划经济。"

我抬了抬眉毛。她到底在说什么？想干什么？

她没有继续说下去。脸颊上还留有红晕，但比刚才淡了一些。
她的眼里闪着玻璃一样的光，流露出一种狂热的欲望，好像是
在跟我分享隐秘的渴望、禁忌的价值观。

可哪有什么禁忌可言。生活在民主国家，所有人都有权利
拥有自己的愿望，都可以自由表达观点和感受，只要不对他人
造成冒犯、威胁和迫害。但凡这种权利有丝毫受限，那这位生
物材料第二储备银行的主管佩特拉，就不可能坐在我的"窃听屋"
里这么高谈阔论了。而且根据自己的经验，我很清楚麦克风的
灵敏度和音质的清晰度。但佩特拉显然以为我不知道，还在继
续小声地说："我希望能看到一套更加……社会主义性质的政
策，不强求每个人都要一直做贡献。"

她人真的很好。我没搞懂她这一出想要达到什么目的，但

她人真的很好。如果没有监控，如果她不是这里的主管，我觉得我一定会相信她。但我没有，于是说道："别说废话了，佩特拉。说吧，你来这里干什么。"

她委屈地看了我一眼，接着用恭顺的语气回答："我只是想来看看你怎么样了。"

"我很好。谢谢你了。"

"我还要告诉你，你有一个星期的病假。"

"那你可真是太好了。"我说。

"然后我想趁此机会问一下你的决定——如果想清楚了——你打算怎么做。你想要怎么选。不管你……"她又清了清嗓子，"……是想把胎儿捐出来还是怀到足月之后……"

"我打算把我的孩子生下来。"我打断了她。

她放声大笑，松了一口气，感叹道太棒了，然后补充道："那我会转告阿曼达·约斯托普。你会做一系列的定期检查和B超扫描，还有羊水取样和其他检验。如果我们查下来发现孩子各方面都正常，到时候你就可以在C区约个时间。然后我会跟收养委员会联系的。我可以保证，像这种情况——显然是罕见的——养父母都是精心筛选出来的。他们要做非常非常翔实的调查，然后才会决定谁来收养你肚子里的孩子。"

"这是常规的流程。"我说道，不是一句提问，更像是一句陈述。对收养申请人的调查有多细致，我再清楚不过了。我自己申请收养的时候，就收到过五花八门的拒绝理由，嫌我收入微薄不稳定，怪我社交圈里没有合适的男性榜样充当模范起到带头作用。最后一次申请的时候，他们说我太老了。

现在我突然想到了，如果当时我的收养申请通过，并且凑齐了所有开支和路费，那我最后领到的孩子，可能就是一位无效用人母亲生下后被迫放弃的。

佩特拉没有回答我陈述般的提问，而是把手搭在了膝盖上，做出起身的姿势。但她又停了下来："对了，有什么我可以帮你的吗，多丽特？你有需要什么吗？"

"有。"我回答道，同时为自己的反应速度惊讶了一下，"如果他们还没把约翰内斯的房间清空，我想先去一趟。里面有我的东西。"

当然，这只是一个借口。我只是想去那里待一会儿，一个人待会儿。佩特拉似乎理解我的心思，说道："我帮你安排。我还可以保证，在约翰内斯公寓期间不会有人监视你。"

"为什么？"我问道。

她悲伤地叹了口气："因为我觉得你有权利完全独处一会儿。"

她想干什么？是希望我能以某种方式回报她，还是想让我一辈子心存感激，从而更加配合顺从。又或许她是真的良心不安，为自己在这个"豪华屠宰场"里（埃尔莎这么形容这里）担任的角色感到由衷的内疚。

我想，佩特拉毕竟也是一个人。也许她也有孩子，由自己的伴侣来共同抚养。也许她也曾经失去过伴侣，失去了那个跟她一起共同抚养孩子的人。又或许她曾经失去过一个孩子。

我一直没弄清楚她在这方面到底有什么目的，当然也没问。其实我也不想知道她的原因或动机，反而只想和这个天赋异禀的人保持距离。她显然很有当演员的天赋——虽然有时候夸张了些。她应该多磨炼一下那套夸张的真诚和怜悯——她可能年轻的时候梦想过当女演员，但最后还是选择了安全和平凡的生活。根据我的经验，这种人很少会真正友好地对待像我这种选择追随年轻时候的梦想的人。我们多年如一、有着近乎幼稚的多愁善感，不愿或不能妥协和融入集体，对此他们满怀鄙夷。他们管我们叫波希米亚人、怪胎、外星人或者女神。他们嫉妒我们中的成功者，又为其他人的失败而兴高采烈。

我不想，一点儿都不想跟佩特拉亲近，不想问她私人问题，甚至不想假装相信她的善意。于是我说："我觉得完全没必要把监控关掉，这样也不会让我好过一些。我没打算做什么见不得人的事情。而且我也没办法确认监控到底有没有开着，所以关不关都没有区别。"

但她还不肯放弃："不管你相不相信，或者会不会好过一些，我以人格担保那个房间的监控会关闭……"

她看了一下手表，然后抬头看了我一眼："两个小时够吗？"

我耸了耸肩。

"那就三个小时吧。"她说，"我们就定在一点到四点好吗？"

我点点头。

"好了，那今天下午一点到四点之间，你可以自由进入 F2区 3 号房间。"

"谢谢。"我说道。

"在此期间，监控会关闭。"

"你说了算。"我说。

她起身绕过桌子向门口走去，到我身边停了下来，用手轻轻搭在我的肩膀上。

"如果有其他我可以帮忙的，"她说，"尽管告诉我。"

然后她拿开手，离开了。

二十六

只有空调在发出微弱的嗡嗡声。屋里的寂静严严实实，没有声音从外面渗进来——就像一间有隔音棉的牢房，所有的回声和音效都被屏蔽了。在此之前，我从来没有在约翰内斯的房间或是这里的其他地方体会过这种寂静。

我关上身后的门，上了锁。我背对着门站着，看着约翰内斯的客厅和小厨房的围墙。我紧贴着门站着，手放到背后就能碰到门。你可能以为我是害怕屋子里的东西，不敢进去，或是没想好要不要进去，或是不知道该不该进去。其实都不是，我没有害怕，也没有不确定，只是动作很慢，也许是房间里的寂静拖慢了我的脚步。

餐桌上放着两个空的咖啡杯，面包篮里有一片被遗忘的全麦面包和两个盛着面包屑的盘子。其中一个盘子上放着吃了一半的三明治，夹着一片亮闪闪的芝士，边缘已经翘起来了。这是昨天早餐吃剩下的。那半个三明治是我的。当时我很饿，比平常的早晨要饿得多——可能是知道了肚子里有孩子，突然就觉得应该多吃一些。但当我吃到第三个三明治的时候，便意识到已经吃不下了。

"你要吃这半个吗？"我问道。

约翰内斯摇摇头说："不用了，谢谢。亲爱的，我吃饱了。"

然后他坐在那里，一本正经地看了我半天。最后我笑出了声，问他："怎么了？我看上去很好笑吗？"

"完全没有，你比任何时候都要美。"

我们从餐桌起身，我准备回自己房间去工作，我们像平时一样拥抱了一下，我说："今晚见。"

然后他这样说："我爱你，多丽特。我爱你们两个。"他把一只手贴在我的肚子上，我回应他说我爱他胜过所有人，这是我的真心话。

然后他吻了我，抚摸着我的头发轻声说："你让我的生命有了意义，你知道吗？我生命的意义就是你。"

整个早晨他都比平时要严肃，少了一点儿轻浮，少了一点儿活泼调皮。但毕竟他刚刚得知自己要当爸爸了。于是在吃完早餐分开之前，他一本正经地对我表达爱意——互相认真地表达爱意——对我们来说都是很平常的情形。所以我怎么会想到，他这番生命意义的言语，竟是在向我告别呢？

他什么都没有告诉我，这是懦弱还是谨慎？我不知道。我只知道，无论是懦弱或是谨慎，还是两者兼有，这么做都是因为他爱我。

我在门里不知道站了多久，当我终于动起来的时候，身体已经僵硬了，双腿肿胀发麻。我想起年少时上高中的时候，在一家大商场的图书部做兼职；后来长大之后，去艺术班当人体模特养活自己，直挺挺地一站就是二十分钟，然后休息五分钟，有时连着干好几个星期，那种肿胀发麻的感觉就像现在一样。我就这样穿过房间，挪到了约翰内斯的桌子前，在电脑旁的透明塑料盒里找到了一张光盘。约翰内斯用黑色记号笔在上面写着：《蓝鲸》。这是他的短篇小说集。我没有拿走，甚至连碰都没有碰。一方面是因为我已经看过了，另外我很确信，这里的工作人员一定会妥善处置无效用人作家的作品。和我们不一样，他们跟外界一直是有联系的。在之前的一年里，我读过几本新书，作者都是"非凡登场作家"，后来才发现他们以前是这里的作家，有的现在依然是。

电脑和打印机之间散落着一些常见的桌上用品：钢笔、橡皮、尺子、回形针和颜色尺寸不一的便利贴。那块粉色的化石躺在其中。我把它放在手里掂了掂，合拢手指握在掌心。它摸上去冰凉光滑，很有分量，但并不重。

卧室里的床没有拆。和约翰内斯一起过夜的时候，我总是睡在靠墙的里侧。现在我在外侧他的位置上躺了下来，把羽绒被拉到下巴底下。这里还有他的味道，浓烈又含蓄，像肉豆蔻和小茴香的味道。枕过的枕头上，还散落着零星的白发。

　　我侧身躺着，呼吸着他的气息，把那块化石攥紧在手里。

　　我想，如果他在那一天的下午开车去南海岸，而我和约克同时也在的那个下午与我相遇该有多好。如果我们走向彼此，看到对方，我会想道：噢，看啊，那是约翰内斯·阿尔比；他也会想：噢，看啊，那是多丽特·韦格和她的狗。如果我们停下来聊天，我邀请他回家喝杯咖啡或者一碗汤，或者吃点儿意大利面，该有多好。如果我们的故事开端就是这样。如果我们的故事从那时就开始。

第三部分

一

薇薇打开门，细叶芹和现烤面包的香气扑面而来。我来迟了。因为我犹豫了许久才走出房间，往下走了几步来到大厅，然后敲开薇薇的房门。

我很累。这段时间我一直很累，没有精力社交，没有力气参加派对、晚宴、聚会，没有心思纵情享乐、交友、和大家谈天说地。我远离人群，变得消极懒惰，有时甚至麻木漠然。如果没有埃尔莎、爱丽丝、薇薇和莉娜，我可能就彻底与世隔绝了。她们一直陪着我。在约翰内斯做最后捐赠后的那几个星期里，她们甚至轮流陪我过夜。每次我因为悲伤、愤怒、难受或其他原因惊醒，总有人在守着我，安慰我，给我递水，帮我泡茶，听我倾诉，握住我的手，直到我再次入睡。

不光是在我受到冲击的头几天，那之后她们也一直陪着我，默默守在我身后，随时待命。无论何时，只要我需要她们——或是需要随便一个人——说说话，或者只是想要有人陪伴，她们就总会在。她们这般照顾我，却对我别无所求，甚至不期望得到我的感激或欢喜以待。这样的情形一直持续了两个多月。

这天，薇薇终于提出，想请几个朋友吃晚餐，然后小心翼翼地补充了一句："要是你也能来就好了，多丽特。"我觉得似乎可行，或许我应该尝试一下。于是磨蹭了许久之后，我终于来了。

"你来了！"薇薇说着一把抓住我的手把我拉了进去，像是担心我的勇气会在最后一刻坍塌，不拉一把我就会落荒而逃似的。

她领我走到桌子旁，其他客人已经坐下了。他们都以为我不会来，已经在随意地吃着刚烤出炉的全麦面包，还有热腾腾的细叶芹胡萝卜汤。桌上有埃尔莎、爱丽丝和莉娜，还有两个人我从来没见过。薇薇向我介绍了一下，他们是约蕾尔和马茨，我们握了握手。

马茨是上个月来的，约蕾尔刚来一个星期，脸上带着新人常有的表情：惊慌、悲伤、愤怒，难以言喻。或许还有对死亡的恐惧。

我在爱丽丝和埃尔莎中间坐了下来，她们从两边抱着我。爱丽丝趁机在我脸上响亮地亲了一下，把大家都逗笑了。我转过身，几年来第一次如此近距离地看她，我发现她变了。她五官中的粗犷，不知不觉被柔弱所取代了。

她身上显出一种我从未见过的柔软，大概是她体内的雄性激素终于开始排出了。但她看上去也很疲惫，双眼略微凹陷，面容憔悴。可这里谁不憔悴呢？我安慰着自己，把不安的情绪搁置一旁，喝起了胡萝卜汤。

晚餐期间，大家聊了很多话题。我没怎么参与，大部分时候只是坐着听。最后他们聊起了外面的世界。外面社会上的形势正在发生改变。无孩的五十岁女性和六十岁男性数量锐减，此前受到完全保护的职业里也开始筛出无效用人。不管是学校老师、日托老师、福利工作者、护士或是其他涉及护理他人的职业，都无济于事；现在连助产士都不能幸免了；只要你没有孩子，那你就是没孩子，结局已定。

"这还不算完。"马茨说，"据说要降低年龄上限了。外面的人真的都很紧张。为了安全起见，那些女孩子十七八岁就怀孕了。治不孕不育和做试管的队伍越排越长，收养中心也是一样。有的人到最后都没来得及排到。另外，感染艾滋病和衣原体的病例激增，因为女性跑出去一个接一个地找陌生人发生关系，还不做保护措施。"

"绑架小孩的事件也变多了。"约蕾尔补充道，"大家都一片绝望。"

"好像所有的事情都得不到保障。"薇薇说，"所有人都一样。这让大家都惶恐不安。"

"是的，但我们以前怎么没想到呢？"埃尔莎说道，"可以偷一个孩子。那些有效用人推着婴儿车、儿童车四处晃悠，小孩子满地乱跑，他们根本顾不过来。趁父母忙着照看其他孩子的时候，顺手从婴儿车里抱走一个熟睡的宝宝，我觉得应该是轻而易举的。"

我这才想明白：原来是这个原因！这就是为什么佩特拉坚称我不适合当母亲：因为无效用人不够用了。对器官捐献者和各类实验参与者的需求量一直很大，现在可能更大了。我想到了，但我什么也没说。因为我还没有跟朋友们说怀孕的事，我一直没找到合适的机会。

我突然觉得现在就是最好的时机，此时此刻此地。我正开口准备说："说到孩子，我有事要告诉你们……"

但爱丽丝抢在了我前面。她没有铺垫"说到孩子"，而是直截了当地说："我有事要告诉你们。"她继续说道，"有件事我必须告诉你们。我必须尽快说出来，因为我可能时间不多了，所以就现在吧。我得了脑瘤。"

沉默。没有人咳嗽，没有人喘息，甚至没有玻璃、瓷器、餐具发出细微的碰撞声。只有一片死寂。所有人都愣住了，所有人都转头看着爱丽丝。她坐在我身边，我眼里的她突然变得无比弱小，瞬间苍老。只有沉默，没有尽头的沉默，直到爱丽丝再次开口："他们认为是辐射引起的，"她对新来的约蕾尔解释道，"我正在参加一项辐射实验。某种有辐射的东西。"

"可是为什么呢？"约蕾尔问道。

"为什么？当然是因为我是无效用人，是实验室的小白兔！"爱丽丝说着，�‍撅起嘴唇像小兔子一样嚼起来。

没有人笑。爱丽丝自己也笑不出来。

"不，不是。"约蕾尔说，"我的意思是，他们用辐射来干什么？这个实验有什么实际意义？"

"意义？"爱丽丝不屑地挥了挥手，"我亲爱的朋友，那我怎么知道！"

二

一个人在储备银行单位里待的时间越长，要参与实验的风险就越高，同时也离捐献重要器官的时间更近。

我现在知道了无效用人短缺的现状，也就能看出来单位里形势的变化了：每个月来的新人变少了，以前有五到十人，现在基本只有寥寥两三人。人员消耗也更快了，世代更替更为迅速。比如爱丽丝，她在单位才待了一年半，就已经参加疑似化学武器的实验了。在薇薇家吃完那顿晚餐之后，我最亲近的朋友们就不得不遭受这些：埃尔莎参加了一系列人道实验，时间很短但伤害很大，还见缝插针地做了捐赠。先是新款强力清洁液的测试，然后是香烟、其他烟草、尼古丁制品的实验，她的呼吸器官被各种化学溶剂的蒸气和气体侵袭着。在这些实验的间隙，她还捐出了部分小肠、一只眼睛的角膜、一只耳朵的听骨。这些手术还只是让她失明失聪、疲惫不堪而已，但这些实验却让她的手和胳膊上长出了奇痒难耐的湿疹，还害她患上了支气管炎，甚至是哮喘。她整个人的健康和状态急转直下。她再也不是一年前那个运动女将了，动不动就要大喘气，总要停下来休息。她不再跳水了，只能在浅水池里游蛙泳解解瘾。

这期间，薇薇捐出了一个肾脏和一部分肝脏，还参加了各种医学实验，主要是关于精神类药物的。这些药物一会儿让她无精打采，一会儿让她精神亢奋，还导致了头晕、心悸、四肢肿胀、皮疹、脱发等副作用。没过多久，薇薇和埃尔莎就变成了老太太，挽着手蹒跚前行。每天在温室花园散步的时候，她们走几分钟就要停下来咳嗽、喘气，或是捂着胸口。

莉娜已经在单位待了三年，算是老前辈了。她被带去捐了胰腺、肝脏、肾脏和肠道系统。和马伊可当时一样，她只告诉我们马上就要做最后捐赠，但没有说具体的时间，于是有一天她就不在了。埃尔莎和薇薇经历了和我同样的状况：她们去房间找莉娜，碰上了忙着清场的户区勤务员。

但在我看来，对无效用人材料的需求量激增之下，受害最深的还是爱丽丝。

与此同时，我倒是很安全，像白尾鹰一样被保护着，定期做检查，服用安全的膳食补充剂，还练瑜伽、跳舞、FS健身。我参与的人道实验都是没有伤害性的，比如睡眠和睡梦研究，对比和记录人在黑暗中的视力，分辨不同的味道、气味和声音。

我和埃尔莎、薇薇、爱丽丝在单位待的时间差不多，但受到的待遇却大相径庭，她们迟早会发现问题的。当然，她们迟早也能看出我怀孕了。我已经长胖了，臀部变宽，乳房变大，肚子一点点鼓起来。我开始穿宽松的衣服，尽可能长久地隐藏身体的变化。到目前为止，我看上去还只是像个刚发福的人——至少穿着衣服的时候是这样。不过差不多从这时候开始，我就不在运动中心换衣服或洗澡了，也不去游泳、蒸桑拿，因为泳衣会让我的肚子太明显。

换句话说，现在是时候告诉大家我的情况了。那时我依然把埃尔莎当作最好的朋友和知己，所以决定先告诉她。我找了个机会，那天晚上只有我们两个单独在她的屋里。薇薇在图书馆忙着盘点，要很晚才回来。最近她们一直一起睡，就像我和约翰内斯那样。

埃尔莎躺在沙发上，沉重地呼吸着，不时喘着粗气。我坐在她对面的扶手椅上。

"埃尔莎，"我开口道，"有件事我必须告诉你，这件事……我瞒了你们有一阵了。"

她看看我，闭着浑浊的那只眼睛（捐了角膜的那只），另一只眼睛担心地眯了起来。

"别告诉我你也生病了，多丽特？"

"没有，我没生病。我怀孕了。"

"什么？"埃尔莎扑棱着四肢，挣扎着坐了起来，把听得见的那只耳朵转向我，剧烈地咳嗽着，清了清嗓子，然后近乎嘶哑地再次问道："你说什么？"

"我怀孕了。"我重复了一遍。

"你在开玩笑吧，你疯了吗？"

"我没有开玩笑。"我说。

她的表情——她从来没有那样看过我，我读不懂她的眼神，不知道该作何解读，是怀疑、嫉妒、厌恶，还是别的什么？

"这到底是怎么回事？"她终于爆发了。

我像是被刺了一下，她以前从来没有对我发过火。我没有回答。

"你什么时候知道的？"她问道。

"约翰内斯做最后捐赠的前一天。"我回答。

"那都已经过去好几个月了。你为什么一直不说？"

"我现在说了，"我说，"因为……"我哽着喉咙结结巴巴地说，"刚开始的几周容易流产，过一阵才告诉朋友和熟人很正常。"

"你省省吧！你当我是毛头小孩儿吗？像你这种怀孕了瞒不下去就开始鬼扯的人，你以为我没见识过吗？"

我又沉默了。

"孩子多大了？"她问道，然后猛吸了一口气。

"十七八周。"我抢在她胸口咯咯作响之前说了出来，她的气管像是被堵住了，又好像是有东西从里面下去的时候走错了路，接着响起了轻微的哨声。我想，这像有一根极其狭窄的扁平管子，一丝空气从中挤进她的肺里。她从沙发上抓起身边的呼吸器，放在嘴边按下按钮，发出细微的咔嗒声，然后开始吸气。过了一会儿，她的呼吸变得均匀平稳了。但说话的时候，还是伴着微弱的哨声："所以你要生孩子了？"她说，"一个宝宝？在这里？"

我摇摇头。

"不是？不是在这里。那你是要出去过上有效用、有价值的人生了？带着你的孩子到处炫耀，在马路、广场、公交车上大摇大摆闲逛，推着婴儿车和必需用品横冲直撞？"

我又摇了摇头，尽可能言简意赅地告诉她佩特拉给我的两个选择：胎儿移植或是找人收养。当然，我没有提到我的第三个选择，就是我右边裤袋里的门卡；我把手放在口袋里，不时地摩挲着，犹豫不定。目前为止，我还没有心思去思考这个问题，甚至也没去找过可能离开单位的门。

一番简短的解释之后，我希望得到埃尔莎的同情，至少对我不能当母亲的事礼貌性地表示一下遗憾。但她没有，相反，她说："我不知道，多丽特，但这感觉真是糟透了。说实话，太恶心了。"

"你什么意思？"我说。

"我想，你不再是我们中的一分子了。我的意思是，我们怎么能……我们以后要怎么相信你？你已经变了，变得像那些人一样了吧？"

　　我不知道该怎么回应。我不理解，我完全没有预料到她会是这般反应。我能理解她可能跟大部分无效用人一样，没有孩子是心底隐藏的痛，而现在这份伤痛被刺激到了。但我不理解她为什么要对我这么生气。毕竟我怀孕不是为了气她，也没想伤害别人。

　　我没有说话，她接着说下去："所以你可以挺着菩萨一样的大肚皮，像外面那些自以为是的'婊子'一样，自命不凡、沾沾自喜、趾高气扬地晃来晃去了？"

　　我还是什么也没说，默默地站起身离开了。我听见身后她又发作了，费劲地喘着气。在我把身后的门关上之前，听见最后的声音是呼吸器微弱的咔嗒声。

三

　　爱丽丝的状况急转直下。一开始是头疼、下巴疼、头晕和焦虑。在告诉我们她得了肿瘤之后，她就开始时不时地神志不清。她会在聊天的时候突然卡住，会忘记我们约好见面，会迷路找不到回家的路，还会把一整天的安排都搞错。她总是心烦意乱，绝望地流泪。但只要她没有对自己或他人带来危险，比如没有把东西落在炉子上，单位当局就还是要她继续工作。但我们都很清楚，她离被送去做最后捐赠不远了。

　　我和爱丽丝、埃尔莎、薇薇还尽力像以前那样待在一起，但已经没有了往日的欢乐和疗愈幽默。一来是因为爱丽丝的病情像愈发厚重的阴影一样笼罩着一切；二来是因为我和埃尔莎僵硬的关系也影响了氛围。

　　我没能按照原本的打算把我的情况告诉薇薇和爱丽丝。我猜埃尔莎应该已经告诉薇薇了，但我不确定要不要告诉爱丽丝。我发现她的情况急剧恶化，越来越频繁地陷入混沌，而且持续时间越来越长，我觉得再说什么都没有意义了。

　　虽然无法像从前那样相处，但我们还是一起照顾爱丽丝。当她卧床不起的时候，我们就每天晚上轮流坐着陪她。白天会有工作人员不时地过来，确保她吃过东西，洗漱了且穿戴好了。这些事她早就已经忘记要做，或是忘记已经做过了。她有时候每隔一小时左右就去洗澡，有时候好几天都不洗，有时候一天吃好几顿早餐，有时候完全想不起这件事。她会穿着好几层衣服到处走动，原因很奇怪，是因为她想到要穿衣服，但没有发现自己已经穿过了。

一天晚上，轮到我陪她。我躺在客厅沙发上，被她的哭声吵醒了。她像个被遗弃的孩子一样忘情大哭，那抽泣声令人心碎，让人想要不计代价让情况回归正轨。我从沙发上弹了起来，一阵眩晕，差点儿摔倒在黑暗中。我靠在墙壁上撑着，感觉有点儿恶心，趔趄着走向卧室。我打开灯，看到她在床上平躺着，双臂放在身体两侧，盯着天花板号啕大哭，整个身体都在发抖。

我坐下来，抓住她的肩膀。

"好了，爱丽丝，没事了。"我说，"怎么了？你为什么难过？"

她没有回答我，还是不停地抽泣，好像看不见、听不见，也根本没有察觉到我的存在。我用平静的声音和她说话，抚摸她的手臂、头发、脸颊，用手背帮她擦干眼泪。我尽力向她传递，让她明白，我在陪着她。

"我在这儿，爱丽丝，"我说，"我在这里。也许我能帮你。不要害怕，没什么好怕的。"

　　我不停地跟她说话，尽可能地保持平静安抚她。过了许久，抽泣声终于慢慢平息下来，她开口道："我知道。我知道你在这里，妈妈，可是我看不见你。"

　　一瞬间，我犹豫了一下要不要告诉她我不是她的妈妈，但还是决定不必多此一举。事已至此，此时我是谁并不重要，我干脆说道："因为你在抬头看天花板啊，亲爱的。我坐在你旁边呢。"

　　她垂下眼，目光在房间里瞟了一圈，然后把脸转向了我。终于，她艰难地把视线落在了我的脸上。她长长地舒了一口气，闭上眼睛翻身面对我，把身子蜷缩了起来，心满意足地呷吧了几下嘴，然后睡着了。我把被子拉到她肩头，轻抚她的头发，然后回到客厅沙发上也睡下了。

　　到了早上，她又能认出我了。她很累，彻骨的疲惫，我想那是一种无法靠睡眠缓解的力竭。你只能忍受着，等它自行消失，或是留在那里成为你的一部分。当然，爱丽丝的疲惫是肿瘤引起的，不可能自行消失。我扶她去了洗手间，然后又费劲地回到床上。我准备早餐的时候，她又睡了一会儿。

　　"谢谢你，多丽特。"我端着早餐盘子进来，她含糊不清地轻声说道，"你是天使。"

　　"你也是。"我回应她，"你之前也照顾了我很久。"

她坐起了身，我帮她把枕头垫高，好让她靠在床头板上的时候背部有支撑。

"是啊，但你那时候没有生病。"她说，"照顾病人才辛苦，尤其是他们命不久矣的时候。"

我把咖啡递给她，并表示不太同意她的说法。"一个身体健康、但心如死灰的人也是很难对付的。说真的，照顾生病的人可简单多了，至少你知道要做什么，都是很实际的事情。但面对一个让你束手无策的人，你能做什么？"

爱丽丝笑了。

"我想，你只能倾听。"她说。

"是啊，这不是最难做的事吗？"我说。

"是吗？这不需要任何特殊知识或技能，只要会听就行了。然后还需要一些定力和静坐聆听的能力。我不觉得这有多难。"

然后她把注意力转移到了咖啡上，小口小口地喝着，每喝一口就闭一下眼睛，看上去很享受的样子。突然，她停下来看着我，说道："你尽量别生埃尔莎的气。"

"什么？"我说，"原来你知道我们……"

我不知道这句话该怎么说下去，就让它残缺不全地悬在了那里。

"我看出来了。"爱丽丝用她那缓慢又疲惫的语气说道。她又补充了一句："你已经告诉她了，对吗？"

"告诉她什么？"

"当然是你怀孕的事。"

我皱了皱眉，低头看着自己的肚子。

"噢，从一开始就很明显。"爱丽丝说，"自从……我想想，是在约翰内斯去世之前吧。大概在那一周前。"

我当时的样子一定是像见鬼了一样，因为爱丽丝大笑起来说道："你别这样看着我，没什么好奇怪的，我可没有灵异能力。我以前认识很多怀孕、有孩子的女性，那些特征我一眼就能看出来。女人怀孕的时候，她的脸上会有一点变化，会微微变宽，嘴巴也是。姿势和神情也会有微妙的变化，但只可意会。"

她颤颤巍巍地把杯子放在了床头柜上，似乎是没有力气端着杯子说话了。

"你打算怎么办？"她问道，"你要把孩子生下来吗？"

"要。"

"然后呢？"

我哼了一声。"你觉得呢？"我说。

"不要我觉得。"她说，"你跟我说吧。"

"他们要把孩子带走。"我说，"他们要把他从我身边带走，送给别人去养。"

爱丽丝看着我，眼神透彻，像是全然看透了我，但她什么也没说。她好像知道了，或者至少有所怀疑，关于我的另一个选择，一种可能，一条出路。

知道自己将死的人有种奇怪的能力。仿佛是感官进化到了超人类的维度，像是拥有了 X 光视觉，掌握了读心术，可以看穿未来，可以瞬间读懂别人的心思，也可以看透人与人之间正在发生的一切。也许事实真的如此，也许只是我们愿意这样相信，因为这样死亡才更有吸引力，从某种程度上让人更容易接受。

最后，爱丽丝说道："总之，不要生埃尔莎的气。"

"我没有生埃尔莎的气。"我说，"是她在生我的气。"

"你理解她一下吧。"爱丽丝说，"我可能也会有跟她一样的反应，要不是……要不是我现在这副样子。"

她拍了拍自己的头。

"理解她一下吧。"她重复了一次，我担心她新一轮的短期失忆又要发作了。但她继续说着："我想，你还没忘记因为孩子而失去朋友的滋味吧？"

"她不会失去我。"我说，"我就在这里，我不会走。如果有人要失去什么的话，那就是我要失去我的孩子。"

爱丽丝又用那看透一切的眼神看着我，清澈又睿智。我没再说下去，我们静静地坐了一会儿。她伸手把咖啡杯拿回来，我给她递了一个盘子，上面放了两个我做的芝士三明治，但她摇了摇头。她现在看上去更加疲惫，我感觉是在看着她一点一点从我眼前消失。我把盘子放回床头柜，顿时感觉难以名状的难过，仿佛我的心破了个洞。我忍不住哭了出来，徒劳地转过头去，想要掩饰我的眼泪。

"多丽特，亲爱的……"爱丽丝把杯子放回床头柜说道。

"对不起。"我抽着鼻子说，"我应该要坚强的。为了你，我要坚强一点儿的。可是我接受不了，一想到要失去你，我就好恨！"

"我知道，多丽特。"她平静地回应我，"你这么说我觉得很欣慰。对我来说这就够了。你不用坚强的。"

那是我人生中第一次，有人跟我说不用坚强。

"嘿，"她接着说，"我们一起钻进被窝躺一会儿吧？我觉得这样我们都能好过一点。"

我点点头，拿起托盘上的餐巾纸擤了擤鼻涕，然后绕到双人床的另一侧，掀开被子爬到爱丽丝身边。她很温暖，身上热得像火炉一样。

那是我最后一次认真地跟我认识的那个爱丽丝对话了。那是她最后一次清醒地认得我，跟我说话超过几分钟。然后不到一个星期，她就做了最后捐赠。一个患有糖尿病的男孩儿得到了她胰腺里的胰岛细胞；国内颇受欢迎的电视明星——一个有两个孩子的母亲——得到了她剩下的那个肾。

四

在这几个月里，我的新创作几乎没有什么进展，只把已经写好的三十几页通读了一遍。我告诉自己，这是一个不错的开头。但如果你对故事的走向毫无头绪，甚至已经想不起来这个故事要表达的主旨，那么光有一个好开头是走不远的。这就像一列火车，已经载着故事主题和我的创作动机开走了。

在爱丽丝做了最后捐赠之后，我其实做过最后的尝试。我想，或许我可以通过写作寻到一丝安慰，从安慰中重新找回创作的动机。于是我坐在那把奢华的椅子上，脊背、脖子、手臂都有了支撑。

我打开电脑，点开文件，然后坐了好一会儿，差不多三四个小时甚至更久。写几行，删掉，再写几行，又删掉。我拿出记事本，换成手写。把写出来的内容划掉，翻页重写，再写，再划掉，再翻页，一遍一遍地努力着，但都没有写出来，只搞得自己恼火又疲惫。最后我决然地选中屏幕上的文件，拖到回收站，然后清空回收站，关掉了电脑。我靠在椅背的头枕上，目光恰巧落在了马伊可的畸形胎儿画作上，看它痛苦地抽搐，也可能是轻蔑地笑。就在这时，就是这一刻，我第一次感觉到肚子里有动静，像气泡一样一闪而过。但我觉得那肯定不是消化产生的气体或其他东西。

我低头看着我的肚子，它又动了：是脚踢或手推，也可能是头在动，我不清楚，但这是我第一次清晰地感受到，那里有个小生命在生长——活生生的小生命。

"你好啊，"我轻声说着，隔着衬衫把手轻搭在肚子上，"你好啊，小家伙。"

那天我没再做其他事。我给4号实验室打了电话，说我今天要休息。我最近正在那里参加一项安全但烦人的心理实验，是关于生存空间和领土之类的。实验的领导组对这种情况表示理解。一方面因为他们知道我怀孕了，经常会感觉疲劳、反胃；另一方面因为他们是心理学家，理解他人可能就是他们的职责所在吧。然后我就在床上躺了下来，从左边口袋里掏出化石，在手里翻来覆去地把玩，另一只手隔着衬衫搭在肚子上。

过了一个半小时，我又感觉肚子里冒了个泡，同时手掌上还传来一阵微不可察的压力。我小心翼翼地压了回去。它又动了一下，像是在回应我。我喘了口气，然后大笑起来，接着又哭了。我起身去洗手间小便，洗了把脸，又回来躺下睡着了。

如果有人问我，早期的这些胎动是让我快乐还是难过，我不知道该如何回答。我不知道我感受到的是期待还是失落，是依靠还是孤独。

几天之后，我去做了超声检查，阿曼达·约斯托普亲自给我做。她挤了一坨冰凉的透明凝胶在我身上，有点儿痒，我笑了一声。她冲我微笑了一下，拿起宽大的探头开始在我肚皮上滑动，幅度时大时小。与此同时，她全神贯注地盯着背对我放置的电脑屏幕。

"看上去还好吗？"我问道。

"是的，一切看上去都很好。"阿曼达说，"说实话，比预想的还要好。"

"现在我可以看一下吗？"我说。

"什么？"她说着，在我肚皮的凝胶上滑动的动作骤然停下。我立刻明白了，我不能在屏幕上看自己的孩子，更不能带着模糊的 B 超照片到处跟撞见的人炫耀，让人来不及找借口拒绝。

阿曼达的脸颊上泛起红色的斑点，有点像佩特拉·伦海德，她磕磕巴巴地解释着："我……我……真的很抱歉，多丽特。我想……我想你……能理解。我想……你可以理解，我们不能让你……让你……和胎儿建立感情。"

往医院接待区的电梯走去时，我把手伸进口袋摸到了门卡。就像之前随身带着要给波特的皱巴巴的纸条一样，从二月份收到门卡的那天之后，我换了好几条裤子，已经可以在去洗衣房的路上，熟练地把它从脏裤子里拿出来，重新放进从衣柜拿出来的干净裤子里。我用拇指把门卡压在手掌里，并确保手背朝上，直到放进干净裤子的右侧口袋。与此同时，我会尽量用另一只手做些别的事情，以分散对那只手的注意力，比如挠头，捂嘴咳嗽，掀开洗衣篮的盖子把脏裤子放进去，捋平褶皱或者拔掉线头。就像"胎记"给我的建议那样，低调、迅速、隐秘。

在过去的几个月里，门卡的事一直盘桓在我脑海里，我经常这样把手放在口袋里摩挲它，一边对自己重复着密码：9844，9844——现在我也在默念着。但我并没有更进一步的行动，目前还没有；我还没决定好要不要用这张卡。直到现在，我还是没有下定决心。但是这一次，有关门卡的所有可能性、风险性和不确定性，似乎进入了我大脑里真正用来思考的那片区域。我明白，是时候要做出决断了。

不知道是不是因为想法的转变，又或许这就是命中注定，当我手插口袋从医院大厅出来，正往 H 电梯走去时，我看到一排电梯门旁边的卧室里，有一个工作人员正面对墙壁摆弄着什么。墙面和她身上的制服衬衫一样，都是菩提花的绿色。卧室里很黑，但还是能看见她的动作。片刻之后，我看出来她面前是一扇没有把手的窄门，门的颜色和墙壁一样，四周的门框也是同样的绿色。她拿着什么东西在门框边上比画了一下，动作很快；她只用了两三秒就把门打开了，又用一两秒把门推开一条缝，钻进去就不见了。然后那扇门立刻在她身后无声地关上了。

五

薇薇还是一如既往地美丽优雅、四肢纤细、可爱动人。但当她在图书馆里推着小推车走来走去，把书本在书架上归位的时候，动作越来越迟缓僵硬。我来归还两部电影和一本书，隔着面向广场的大窗户看到了她。

最近这两周，我能不出门就不出门，把时间放在整理自己的思绪还有日益膨胀的肚子上。我的肚子已经凸出来了，不管穿多宽松厚重的衣服都藏不住了。不过我穿戴整齐的时候，还没有明显到能让人一眼就确定我怀孕了的程度。至少我自己是这么觉得的。走进图书馆的时候，薇薇看到了我，停下来跟我打招呼："哇哦！我的意思是，你好！好久不见了，多丽特。"

她把图书推车放在两个书架之间，一瘸一拐地向我所在的咨询台走过来。

她那头浓密有光泽的秀发掉了很多，最近一直在头上围着头巾，显得她的脸更小，眼睛和嘴巴更大了，整个造型让她看上去无辜又脆弱。

"你最近怎么样？"我有些心虚地问道。

"挺好的。"她说。

"那……埃尔莎呢？"

"不算坏。其实她比前阵子已经好一点儿了。"

我把书和电影放在柜台上，正准备托她向埃尔莎转达我的问候，她说："你们两个这几天怎么了？老死不相往来的样子。她都不提起你了。我一问关于你的事，她就转移话题。发生什么事了？"

"她什么都没跟你说吗？"

"没有，我就是想跟你说这个，她什么都没告诉我。"

原来是这样，埃尔莎没有把我们谈话、吵架的事告诉薇薇。也没告诉她我怀孕的事。

"别开玩笑了！"我告诉她这件事后，她惊呼起来。

然后她大笑起来："我一直以为……我以为你是在情绪化地暴饮暴食。要不就是参加了会让人发胖的实验，被迫整天吃一大堆糖果和饼干，还不能做运动之类的，那些研究员就爱提这种愚蠢的主意。原来你是……"

她停顿了一下，继续说道："但这是怎么回事？我的意思是，这怎么可能呢？你做过激素治疗吗？还是受精卵植入？"

"我为什么要那样做？"

"当然，我不是说你主动的。"她说，"但你有可能是被动接受过这些，不是吗？趁着你被麻醉的时候。"

"但我没有做过麻醉。"我说，"除了我捐献肾脏那次，那已经是好久之前了，只有大象才能怀孕这么长时间。"

"我知道。"她说，"好吧，那你可能是自然受孕了。"

"我想是的。"我说。

我累了，正想要离开，薇薇不知为什么好像有点儿紧张，但还是用她往常那样温柔、真挚的语气问道："是约翰内斯吗？"

我点点头。

"他……他在那之前知道吗？"

"差不多就是那时候。"我回答道。

她望着我。她那满心怜悯的神情让我难以承受，我转过头把眼泪咽了回去。然后她伸出纤长的手臂把我拉进了怀里，环抱着我，轻抚我的后背。她和约翰内斯差不多高，我的头顶抵着她的下巴。我闭上眼睛埋在她怀里，脸颊靠着她的胸口。她身上的气息让我想起蜂蜜和盛开的油菜花田。我想起了约克，想起我残破的小屋和周围的农场草地，想起斯科讷的初夏，想起清风，想起拖拉机的轰鸣，黑鸟、夜莺和小乌鸦的鸣叫，邻居家孩子嬉闹的声音，想起成堆风干的木材，想起苹果树之间绳子上晾晒的衣物随风摇曳。我可以看到我花园里蓝色的家具，约翰内斯坐在其中一把椅子上，挠着约克的耳后，我端着一杯咖啡和饼干走过去。这些画面像回忆一样在我眼前浮现，我没有哭，可我的嗓子却像号啕大哭过一般嘶哑，我的腿也瘫软了。

薇薇领着我走到咨询台后面，让我坐在她的椅子上。她倒了一杯水给我，拉过另一把椅子坐下来，在旁边搂着我。我抿了一口水，我们就这样在桌子后面坐着，直到有借阅人过来，需要薇薇的帮助。

六

埃尔莎躺在温室花园的草坪上，侧躺在毯子上晒太阳。她把头枕在胳膊上，身边放着一本翻开的书。但她没有在看书，而是睡着了。她的胸口起伏着，呼吸深长平稳，已经没有原来那种咯咯的声响了，但她偶尔会在睡梦中咳嗽。我站在旁边碎石路的阴凉处，离她只有几米之遥。我站在那里想念着她。我敢走过去吗？我敢走过去坐在她身边，守着她醒来吗？

我敢，我从嘎吱作响的碎石路走到了寂静的草坪上，在离她一臂远的地方盘腿坐了下来。我坐在她面前，这样就不会把阴影落在她身上。

爱丽丝之前对我说的话，我想了很多。"我想，你还没忘记因为孩子而失去朋友的滋味吧？"我当然没忘，从一个亲密的小圈子里被越推越远的感觉。一步步退到第二位，第三位，第四位，直到最末位，被视作愚昧无知、低人一等的存在，被理所当然地拒之门外。同时很矛盾的是，那些已经当上父母的老朋友还总说想见我。可真的见了面却又很疏远，有时还摆出居高临下的姿态。像是裹了一层无形的垫子，总是可望而不即的样子。至少在他们孩子还小的时候都是这样。但很奇怪的是，这种现象只出现在我的女性朋友身上。男人们都在忙着照看孩子，适应成为爸爸的巨变，接着还要面对二胎出生后的混乱，在三胎、四胎、五胎到来后更是愈演愈烈。没错，男人们全神贯注，而女人们却像吃了安定剂一样：谈笑风生，点头微笑，但其实也是心不在焉的。他们好像把所有的精力和对他人的关心都集中起来，投入在唯一的事物上：孩子。

我一直以为这是他们慎重做出的选择，为了那个离开他们就活不了的孩子，选择把自己和其他人隔离开来。我一直坚信，这是他们权衡之后做出的理智决定。但现在我没有这么肯定了。如今我肚子里怀着一个即将出世的孩子，我发现自己变了；我开始以一种不可名状的方式自我沉浸，我开始意识到，那些两耳不闻窗外事的父母，或许并不是主动做出的选择。我并非不再关心朋友了。我的感官前所未有的敏锐，尤其是嗅觉和听觉；我变得敏感、心软，但与此同时，我对身边人的悲伤和烦恼却越来越无动于衷，对他们的快乐和幸福也是如此。

我所剩无几的几个朋友，对我来说很重要。我并没有忽视他们，事实上也恰恰相反，我很高兴可以认识约蕾尔和马茨，无比庆幸能有薇薇这样的好朋友，也为爱丽丝、莉娜、埃里克、瓦妮娅、马伊可，以及离去的所有人感到悲伤。还有躺在我面前的草坪上，头枕着手臂的埃尔莎……我好想念她，这份想念让我像心脏被挖出身体一样痛苦。我很喜欢和朋友们见面，共度时光。我看到他们的时候，会记下他们的一言一行，并积极给出回应。可转瞬间，那些话语就像落在刚擦过的汽车上的雨滴一样，从我心里飞速滑落，没有一丝阻碍，没有一滴渗透表面。这是一种很奇怪的状态：一方面我前所未有的敏感，但同时又或多或少的封闭麻木。

当我从自己的视角下察觉到了这种变化时，我不禁问自己，其中是否有生物性的原因，是不是雌性哺乳动物的某种原始行为模式，让女性无法逃避。正如我们无法回避的一个事实：一旦变成了母亲，女人就不能像男人一样拥有大把自己的时间了。

总而言之，我必须承认埃尔莎是对的，我打算等她醒来之后立刻告诉她。我也这么做了，她刚发现我坐在旁边，我就说了："你是对的，埃尔莎。我确实到处晃来晃去，一副自命不凡、高人一等的样子，就像外面社会上那些趾高气扬的有效用人'婊子'一样。"

她坐了起来，往后捋了一把头发，打了个哈欠，揉了揉眼睛："哦，是吗？"

"可是，"我继续说道，"我必须告诉你，这种自命不凡和人类经济增长没有一点儿关系。这不是自鸣得意，不是因为我能为社会做什么贡献，或是我多么优秀、多么有价值。一切的原因都在这里，还有这里。"我把手放在肚子上，然后又放在头上。"我没办法。这不是我能控制的，它就是会变成这样，我完全被激素给牵着走了！"

　　"好吧，"她说，"我理解。我能理解其中有些事是我无法理解的。我猜你宁可坐在这里讲谜语，也完全不想去游泳是吧？"

　　我忍不住大笑起来。我站起身，颇有绅士风度地伸手把她拉了起来。她拿起了那本书，是艾米莉·勃朗特的《呼啸山庄》。我把她的毯子叠好，我们拿上书和毯子，手挽手沿着碎石路向画廊走去，还停下来跟马茨打了个招呼。他正在一个花圃里挖地，身上只穿了一条短裤和一双厚重的靴子，腰间别着工具腰带。他身后小路上的手推车里，放着等待种植的灌木盆栽。远处的长凳上，我看到波特戴着黑框圆眼镜，一边吃苹果一边翻着杂志。现在正是午餐时间，楼梯上人潮涌动，往特勒斯和自助餐厅涌去。我和埃尔莎依然手挽着手，走上了中庭步道，乘坐电梯往下来到运动中心。

　　我们并肩慢慢地游了很久，没有说话。然后我们去蒸桑拿。我坐在底下最靠近门口的地方，时不时地把门推开一点。我不太确定之前听说的关于怀孕和蒸桑拿的说法，是有好处的，还是有坏处。埃尔莎坐在上面最热的第三排长椅上，身体靠着墙。我们没有多言，只是和好如初地坐在那里。间或会有一个人懒洋洋地说一句："你有没有听说某某和某某参加了这种那种实

验？"或是"某某和某某已经分手了，你知道吗？"或者是"你
还记得老家村里那个人这样那样，曾经做过这个那个吗？"

终于，我们都受够了。埃尔莎爬下来，说道："多丽特，
你记得刚开始的时候我们对彼此的承诺吗？"

我记得。马伊可去世后不久，我和埃尔莎就互相约定，如
果我们发现自己上了最后捐赠的名单，一定要及时告诉对方。
不能只说要去了，还要说清楚什么时间。这样对方就不用四处
奔波去找一个已经不存在的人了。

"我记得。"我抬头看着她站在我面前，汗水顺着她瘦长
结实、伤痕累累的身体往下淌。

"怎么了？"

"现在还有效吗？"她说。

"是的，我想还有效吧。"我说道，感觉一阵焦虑刺入胸口，
狠狠地戳着。别告诉我轮到她了！我心想着。千万别说我们现
在就要分离，我们才刚刚和好，千万别说她就要……我颤抖着
重复了一次，强调我的问题："怎么了？"

"噢，"埃尔莎说着，朝门口走了一步，推开了门，"我
就是想确认一下，确认一下之后的情况，确定你不会凭空消失，
不会有一天突然不辞而别。"

我松了口气，起身跟着她往外走。我的腿还打着战，我刚
才吓到了，现在才终于放下心来。到了淋浴房里，她转身面向我。

"我们可以互相承诺吗，多丽特？我们可以再承诺一次吗？"

"当然了，埃尔莎。"我说，"我们当然可以。"

"太好了。"她说着，声音中透露出了她的感动。她用颤抖的声音继续说道，情绪暴露无遗："我们握手言和吧？"

我们光着身子，浑身是汗地站在桑拿房外面的瓷砖地板上，把手紧紧握在一起，然后拥抱了彼此。一个白色短发的女人进来了，微笑着从我们身边走过。她让我想起了莉娜，但她的脸更长更窄，表情也更为疲惫。

几个小时之后的夜里，我独自躺在床上，一只手搭在肚子上，盯着天花板，我突然想到："消失"并不只意味着"最后捐赠"，还可能是单纯地"离开""逃跑"。因此，如果我决定走，决定逃跑，那我必定无法遵守对埃尔莎的承诺；除非我把秘密告诉她，可是我也承诺过不会向任何人透露门卡的事。我不是一个言而无信的人，也不是背信弃义的人。比如在这个故事里，我其实从来没有透露过拿到门卡的真实情况。那天我跑进外科手术室的时候，见到的两个护士都没有胎记，给我门卡的也不是他们俩。并且我和给我门卡的人不是在休息室里谈话的，我没有在休息室里坐着等，没有看到窗外被白雪覆盖的池塘和鸭子。这一切实际上发生在单位的另一个地方，在另一个时间。

密码也不是 9844。

不，我不是那种言而无信的人。所以我陷入了两难。

我翻过身，面向约翰内斯曾经躺过的那一侧。我把一只手搭在他枕过的枕头上。宝宝也在我肚子里翻了个身。然后我们就睡着了。

七

报纸上、广播里、电视里的世界已经是初夏了。挪威、瑞典接连欢度了国庆日[①]，四处皆是旗帜飘扬、皇室登场、乐队游行。国庆日的欢欣鼓舞渐渐演变成仲夏的激情四射。在新闻、脱口秀、纪录片里，人们不再谈论君主制的存亡和那个永恒的话题——为什么在国庆活动中挪威人总是比瑞典人更加起劲，取而代之的是一篇又一篇的报道和专题，谈论草莓和新土豆的价格，绕着仲夏柱的翩翩起舞[②]，民族服饰的区域差异，达拉木马[③]，群岛的岛屿，谷仓舞会，漆红的小屋，鲱鱼和阿夸维特酒，醉酒派对和违法酒后驾车。毋庸置疑，古老的传统在外面的世界还依然鲜活。但在单位里面，我们什么也不庆祝，看不到任何旗帜或仲夏柱，菜单上也没有鲱鱼和阿夸维特酒。我们一年到头都能吃到新鲜的草莓，是在拱廊的温室里种出来的。也没有人提起新土豆。就我个人而言，我莫名觉得新土豆的味道吃

---

① 挪威国庆日为 5 月 17 日，瑞典国庆日为 6 月 6 日。

② 一种瑞典仲夏节庆典的传统活动形式。

③ 起源于瑞典达拉纳省的手工小木马，是瑞典的象征。

起来不怎么样，黏稠稠的。

　　但每月一次的迎新派对又如期而至了，我决定去参加。我原本想穿一身有女人味的装扮，但所有的裙子都已经穿不上了。所以硬套上了裤子、衬衫和夹克。我整个身子都长胖了，甚至还出现了双下巴。那些不认识我或是不了解我情况的人，一定想不到会碰到一个怀孕的无效用人。我希望自己看上去只是发福的样子，这样会比较合适，因为我不想冒犯任何一个新人，也不想引起任何不愉快或惊慌。至少今晚不想这样。今晚我想要开心一下，跳跳舞，认识一些新朋友。

　　我梳好头发，站在那里照镜子，正面看看，侧面也看看。我把手伸进口袋，左边是那块化石，右边是门卡。我站直身子，看上去真的很坚强，难怪人家都愿意那么说我。我看上去确实坚忍不拔，仿佛权势在握。

　　晚餐的菜单是苹果和花椰菜沙拉配酸奶酱、蝴蝶三文鱼配照烧酱、炒蔬菜，甜点是巧克力、橙子奶油配马斯卡彭奶酪和饼干碎。我和马茨、薇薇，还有一位新来的雕塑家米兰达坐在一桌。和大部分新人一样，她很沉默，快快不乐地戳着她的食物。我决定在派对期间陪她聊聊，让她感觉放松一点儿。我们聊了起来，先是在吃饭的时候，后来又去了酒吧，一起品尝了插着各色小纸伞的饮料。

乐队还没有开始演奏,音响里低低地传来节奏舒缓的音乐。米兰达在跟我讲述她的工作。她用黏土制作姿势扭曲的人形雕塑,大小不一,最大的有人一般大,最小的只有顶针那么大。像她说的那样,她"对扭曲的躯体有一种痴迷",可以在扭曲、畸形、伤痕累累的躯体里看到许多的美。

"真的。"她说,"其实痛苦中存在着一些美。甚至在纯粹的身体疼痛中也存在这种美。听起来是不是很不合理?是不是觉得我像个精神病患者?"

"这个……"我回答,"有可能吧。不过我觉得艺术的眼光,不在于评价和分析,而在于观察,能够在各种形状和表象中感受到美。"

"噢,跟懂行的人聊天真是太棒了!"米兰达说道,"确实是这样的,这无关于我的评价,我也没有觉得别人畸形、受苦受难是很美好的。我只是碰巧觉得那很美而已。"

她身上有种东西让我想起了马伊可。她就像是"黑暗版的马伊可",她们很像,但又截然相反。我跟她说了马伊可那幅畸形胎儿的画,就挂在我房间桌子上面。

"我真想看看。"米兰达说着,我告诉她我房间的位置,并说了随时欢迎她来。

话音刚落,摇滚乐队上场了。一听到前奏的前两三拍,我就听出来了这是抒情曲"献给我的女孩"。我眼角的余光看到有个人影从旁边走过来，步伐从容，身姿挺拔，体态轻盈。他的衬衫袖子卷起，露出健壮的小臂肌肉。他的脸饱经风霜，但流露出健康的神色，带着略显轻浮但莫名羞涩的微笑，炯炯有神的眼睛里满是戏谑。我觉得他像是冲我来的，他靠近的时候我慢慢转过身，期待着听他说"多丽特，你今晚看起来很可爱。"然后俯身亲吻我的手。

然而，那是另一个人，是的，那是一个我从来没见过的人。他没有停留，只是礼貌地点点头就与我擦肩而过。

米兰达对我说了什么，音乐太大声了，我没有听清。我正想叫她重复一遍，肚子里却一阵手推脚踢。我下意识地把手按在了肚子上。它又推了我的手一下，动作很明显，像是在跟我击掌。我很想告诉某个人……不对，不是某个人，我想告诉约翰内斯，我只想告诉约翰内斯，我刚才和宝宝击掌了。我想拉着他的手放在肚子上，感受他手掌的温暖，让他感受我们宝宝的一举一动，让他跟宝宝打招呼。

我看见米兰达又说了点儿别的，她离我更近了，就站在我身边。她看上去很烦躁，但我还是听不见她在说什么，一时间我不知道怎么开口说话了。我当时看上去肯定很傻，呆呆愣愣地看着她，好像突然不认识她了。但宝宝不知怎么压到了我的膀胱，我突然就很想小便。于是我回过了神来，不好意思地冲米兰达笑了笑，说道："抱歉，你刚才说什么？"

"你不舒服吗？"她几乎是喊出了声。

"我没事，就是……就是……这首歌，它……过去的回忆，你懂的。"

她点了点头。

"你想去跳舞吗？"她问道。

"当然。不过我要先去一下洗手间。"我回答，"我快要炸了。我马上回来，很快！"

我从住户和工作人员混杂的欢乐派对海洋中挤出一条路，其中有不少熟人，还有一些脸熟的，也有一小部分完全不认识的。我一路左右打招呼、点头、挥手，很快就挤到了房间尽头的洗手间，一整排的门都有人进进出出。欢声笑语、呼喊尖叫伴随着音乐声，从主厅里传来："献给我的女孩，献给我的女人，献给我的全世界。宝贝，宝贝，一切都是为了你……"

宝宝肯定是把脚从我的膀胱上挪开了，要不就是挪了一下屁股、头或者手肘，因为压力消失了，突然我就不想上厕所了。可能正是因为如此，我注意到了尽头有三扇门，上面没有厕所的标志。这三扇门更小一点，看上去像是装饰的假门。门上没有任何标志，也没有把手。我装作尿急的样子在门前来回踱步，靠近之后才看到，门框上有一处窄窄的金属插槽。

没有任何思考，我像被开启了自动驾驶，又像是个单纯执行动作的机器人——从口袋里掏出门卡，随手在插槽里刷了一下。门框上立刻滑开了一道缝隙，露出一个手机大小的键盘。在一种堪称惊惶失措的状态下，我输入了9844，推开了门，跨过门槛来到了另一边。还没来得及看清身在何处，我立刻抓住把手把门紧紧关上。

这里亮得不可思议。我沐浴在刺眼的白色霓虹灯下，四周一片寂静，只能听到自己的心跳声，像录音机里高速循环播放的雷声一般。过了不知道多久，可能是几秒或者是几分钟，我的眼睛才适应了这片冰冷的光线。这时我终于看清，我就站在那个"胎记"所说的楼梯间里。一瞬间情绪涌上了心头，恐慌将我牢牢遏制，刺透了我的身体，顺着血管和动脉横冲直撞，在我体内咆哮奔腾。

往上还是往下？我心潮澎湃地想着，耸了耸肩开始往楼上跑；派对大厅是在K1层，应该是地下层。往上跑了几层，我想起之前在外科部休息室的事，那里是在所谓的地下层，但却有一扇窗对着外面。

于是我转而往下跑，跑下两层、三层，又跑下另一个半层，楼梯尽头出现了另一扇门，一扇坚固的金属门。这扇门的插槽没有隐藏在门框里，而是堂而皇之地挂在旁边的墙上，旁边还有一个键盘，就像商场里用来输借记卡密码的那种。

我用汗湿的手颤颤巍巍地刷了卡，另一只手悬在键盘上做好了准备，接着，天呐！我脑海里的密码好像被清空了，密码是——对了，就是这个，想起来了，我输入了 9488。但无事发生，没有咔嗒声。我还是按了一下把手，但门明显还是锁着的。

我又试了一次：9948——不对。

那是 4899？不对。

这四个数字有问题，明明就是这几个数字，但还是不对。我全身都在发抖，汗水顺着后背淌下，口干舌燥，快要哭出来，几乎要抓狂了，脑袋在天旋地转。直到那句平淡的副歌突然在脑海中响起，我才清醒过来：

> 献给我的女孩，献给我的女人，献给我的全世界。宝贝，宝贝，一切都是为了你……

我一瞬间非常镇定，完全冷静了下来，坚定地输入了 9844，那扇门乖乖地咔嗒一响。我按下门把手，推开沉重的大门走了出去。走了两步，金属门就在我身后关上了。

我出来了。我在外面。我的第一感觉是有微风。它轻抚我的脸庞，拂着我的头发，吹乱了我的发丝。它吹着我的裤筒，轻轻拍打我的小腿。天快黑了，在繁星满布的黑夜一隅，夕阳正拉扯出最后一束灼灼金丝，对面的道道霞光仍在熠熠生辉。外面不算冷，很凉爽，到晚上可能会很冷。

　　我在门外站了一会儿，看着风用它无形的手指掠过树叶，吹得丁香花点头鞠躬，吹得白桦树沙沙作响。我身在一个公园里。这里有草坪和碎石路，一条小路向左边延伸，绕过大楼的一角。从我的角度看过去，那一角之外的地方一片漆黑。在我右前方不远处，只能看到一个池塘镶嵌在低矮的灌木丛中。池塘后面耸立着高大的树木，庞大的树冠摇曳着。这就是二月份那天，我从休息室窗户看到的那个池塘。我第一反应是想要跑过去，在灌木丛后面的树林里找个地方躲起来。但我立刻意识到，如果外面这里有监控——看上去很有可能——有人看到我跑过去可能会起疑心的。怎么会有工作人员从工作场所里跑出来躲进灌木丛呢？不行，这样太傻了，沿着拐角的小路走过去才比较合适，我推断着。于是我就这样做了。

　　脚下的碎石在嘎吱作响，在我听来震耳欲聋。我设想着身后随时会传来奔跑的脚步声，会出现几个强壮的警卫把我送回单位，要不就是有一队巡逻队正在拐角处等着我。但没有人跑过来，也没有巡逻队在等我。我走到了拐角处，只看到夕阳与黑暗交织成浪漫、诡谲的暮光，在路灯的衬托下愈发浓烈。那条小路穿过一片草坪，延伸到一排矮矮的白色木栅栏前，中间开着一个小门。我走了二十来码①来到矮得离谱的栅栏前，它还

——————————

① 约 20 米。

没有我的膝盖高,栅栏上的门纯属多余。但既然小路通到了这里,我还是从门里穿了过去。我发现自己来到了一条马路上,方圆五十码^①的地段灯火通明。

马路的对面是一片广阔起伏的田野、树林、私人农场和房屋,屋外的灯像夜海中的灯笼一样闪烁着。在这片海面之上,还有金粉色的霞光在闪耀。所以我确定那边是西面,因为现在是仲夏,所以更确切地说那边是西北面。也就是说,这条马路大体上是南北走向的。我犹豫了一下,选择了往北走去。

我走出了路灯照射的区域,西北面的金色霞光变成了浅灰色,这时我发现自己陷入了漆黑冰凉的夜色之中。我每走一步,都像是慢慢爬入彻底的虚无之中。

我没有害怕,这种感觉不是恐怖,而是不确定。因为看不到前方的路面,我干脆抬头往上看。头顶上的天空空明澄澈,连最远处的星星都清晰可见——有的星星遥远到不曾有名字,也没有出现在任何星图上。夜空里布满了这样的星星。在更近一点、比那数十亿颗无名星星低很多的地方,有约翰内斯教我找过的小熊星座。还有北斗七星,对了,北斗七星后面那两颗星星的延长线上,北极星在闪烁着。

---

① 约 50 米。

第四部分

　　我确实看到了她。虽然只是一瞬间，但我还是看到了。她一头黑发，脸蛋像洋娃娃一样光滑细腻。她的鼻子、上唇和嘴巴，像约翰内斯，下巴也像他，我这样想着。她脸上也有一点儿我母亲的影子，可能是额头，也可能是脸型。她缩成一小团，四肢像胎儿一样蜷缩着，那双神奇的小手紧紧攥着，把大拇指包在手心里。她的眼睛紧闭着，脚趾随着哭声一张一合。

　　助产士把她抱到我面前的时候，我看到的听到的就是这些：她是真实的，活生生的，很健康。然后她就被带走了。我还躺在手术台上，胸腔以下麻醉着，缝合着伤口。

　　佩特拉·伦海德之前说过："如果有其他我可以帮忙的，尽管告诉我，多丽特。"

　　约翰内斯最后捐赠的那天早上，她这样说过。有趣的是，我在星夜散步回来的几分钟后，在派对的人群里碰到她时，她又说了一次。我出去了大概一个小时，有足够的时间去思考很多事情，所以当她这么跟我说的时候，我很清楚地知道需要她帮我做什么了。

　　"好啊，"我回答她，"你想现在知道吗？"

　　"当然，"她说，"我们找个安静点儿的地方坐一下吧。"

　　我们走出去来到大厅，这里摆放着矮桌、短靠背沙发和圆垫凳，看上去像一个机场休息室，没有人情味，没有多余的舒适。我在一张沙发上坐下，佩特拉坐在对面的凳子上。她从夹克的内侧口袋里掏出了记事本和钢笔，以她一贯诚恳的神情冲我点了点头。

　　"三件事，"我说道，"我想在剖宫产期间保持清醒。我想见孩子。然后我想要……"我伸直左腿，把手伸进口袋拿出那块化石，放在掌心举到佩特拉面前，"把这个给孩子。我希望养父母可以承诺，如果他问起亲生父母，或者最迟在他成年的时候，把这个和我的一封信交给他。信里不会提到他的父母是无效用人的事。你可以搞定吗？"

　　佩特拉奋笔疾书，然后抬起了头："可以，我觉得没问题。当然，我没法保证养父母一定能遵守诺言，但我一定会让他们签署协议。"

　　她答应会告诉我进展，我向她表示了感谢。我们回到派对现场，在那里分道扬镳。然后我去找米兰达，跟她解释说我碰到了一个心情不好、需要倾诉的人，所以我才回来晚了。

　　"你这个样子，"米兰达说，"我以为你才是那个需要倾诉的人。"

　　我笑着跟她保证我没事，然后问她："要去跳舞吗？"她答应了。

又到了二月。从那次派对之后已经过了八个月。距离我生孩子过去了四个月。我之所以苟且偷安到现在，有两个原因：一方面，我想要把这个故事写完，哪怕它可能很快就会流落到斯德哥尔摩皇家图书馆的地下通道。但它至少能在某个地方被留存下来，而不是简单地被销毁。

另一方面，我生完孩子没多久，薇薇就被带去做最后捐献了。而我想要陪着埃尔莎，因为约翰内斯最后捐献之后她也陪着我。

可是现在埃尔莎也已经走了，这里没人需要我了，连我自己也不需要自己了。我的故事也只剩几行，就要写完了。明天的这个时候，我的心脏和肺就会属于其他人了。确切地说是属于一个当地政府官员，两个孩子的母亲。

顺便说一下，收养我女儿的是一位42岁的单身女性，是一家商业和办公行业的小型人力公司的主管。我看过她的照片。她长得挺漂亮，但看上去有一点悲伤。她流产了好几次，在收养候补名单上等了很久。我当时也有机会可以看她跟我女儿的合照，但我拒绝了。

据佩特拉·伦海德说，那位养母很乐意签署协议，承诺会按照我的要求把化石和信交给孩子。当然，我不确定佩特拉说的是否属实，但我选择相信她，我也同样选择相信那位养母不会违背承诺。

在给女儿的信里，我写了一些话。如果我当时选择和她一起奔向自由，而不是把她交给一个能给她安全感和体面生活的人，那我原本可以自己把这些说给她听。我告诉她，她出生的时候鼻子、嘴巴、下巴长得像爸爸。如果说我长得像我妈妈的话，那她的额头和脸型算是像我了。我告诉她，这块包裹着锥形化石的石头是爸爸的。他在她出生之前就去世了，这块石头是我唯一留下的他的遗物。我希望她能留着这块石头，当作我对他的纪念。我告诉她，这块石头是爸爸在阿伯克斯和莫斯比之间的海滩上捡到的。那一天，在 11 月的黄昏里，我们相遇了，他在收集石头，而我正在遛狗。

注

　　本作品纯属虚构。文中出现的名字、人物、地点和事件都由作者编造或改编使用。如果与真实人物、已故人物、企业、公司、事件或地点有雷同，纯属巧合。